KB269312

미대륙 횡단 7000km
도전 프로젝트

미대륙 횡단 7000km 도전 프로젝트

이동훈 지음

내 인생 최고의 70일로 당신을 초대합니다!

2012년 12월 22일. 몇 해 전부터 풍문으로 퍼진 지구 멸망의 날. 다행히 지구는 멸망하지 않았고 나의 책도 무사히 나왔다.

진짜로 지구가 멸망한다면 난 12월 21일에 무엇을 하고 있었을까?
당신은 몇 날 몇 시 지구 멸망일을 알게 된다면 바로 지금부터 무엇을 할 것인가?

사실 우리 주변에는, 실제로 이런 멸망의 날짜를 받아놓고 있는 사람들이 있다. 가까스로 멸망의 날을 연장하기도 하지만 대부분은 그날이

다가올수록 조용히 자신의 삶을 정리한다. 그들은 바로 암 판정을 받은 사람들이다.

"당신은 암입니다."

이젠 드라마의 단골 소재가 되어버린 이 한마디. 이제 우리는 그런 장면이 나와도 '저런, 암이래! 어쩜 좋아'가 아니라 '아, 뭐야. 또 암이야?'라는 시큰둥한 반응을 보인다.

우리는 암에 대해 그다지 심각하게 생각하지 않게 된 것이다. 그러나 한 번만 관점을 달리하여 생각해보자.

오늘, 의사가 이 말을 당신에게 던졌다면? 그렇다면 상황은 분명 달라질 것이다. 세상에 넘쳐나는 '누군가의 암'이 아니라, 엄청난 죽음의 그림자가 되어 나를 내리누를 것이다.

내가 직접 겪지 않는 이상 아무리 그 상황을 상상해본들 와 닿지 않는 것이 사실이다. 반대로 가까운 사람이 '암'으로 고생하는 것을 보았다거나 그렇게 하늘나라로 가신 분이 있어 그 무시무시한 과정을 경험해본 사람들은 아주 잘 알 것이다. 그것이 얼마나 끔찍한지를.

해서, 앞서 내가 했던 질문을 조금 바꾸어 다시 하겠다.

"오늘, 당신에게 암 판정이 내려졌다면, 이제 어떻게 하시겠습니까?"

나는 이 질문에 대한 나 스스로의 대답을 찾기 위해, 내 두 다리만 믿고 무모한 도전을 하게 되었다.

바로 70일 동안의 7000km 미국 횡단이 그것이다.

사실 나 역시, 어머니에게 갑상선암이라는 어둠의 그림자가 드리워지고 나서야 암이라는 지옥을 알 수 있었다. 어머니가 암 판정을 받았을 때, 나는 만 리 밖 타지에 있었고 어머니의 곁을 지켜드릴 수 없었다. 수술 당일에도 그저 전화기만 붙잡고 눈물을 흘리며 기도만 할 뿐이었다.

그것은 두고두고 내 가슴에 응어리로 남아 있다. 다행히 수술은 성공적이었고 지금은 완쾌해서 건강한 생활을 하고 있지만, 그럼에도 불구하고 그때를 생각하면 늘 죄송하고 또 한편으로는 그 힘든 병을 이겨낸 어머니의 의지에 감사할 뿐이다.

그 이후, 나는 '암'이라는 병과 그것을 안고 살아가는 사람들 그리고 그들의 가족에 대해 완전히 달라진 시각을 갖게 되었다. 누군가의 도움이 절실히 필요한 사람들의, 간절한 목소리를 비로소 들을 수 있게 된 것이다.

몸도 마음도 머리도 걷잡을 수 없이 쑥쑥 자라고 있는 혈기왕성한 내 젊음의 한 토막을 나는 여기에 쏟아붓기로 했다. 어머니, 그리고 어머니와 같은 암환자들. 그들을 보고 느끼며 내 가슴속에 자리 잡은 어떤 깨달음과 알 수 없이 뜨거운 감정.

스물다섯 여름, 우연히 알게된 〈4K For Cancer〉라는 단체의 미국 횡단 프로젝트는 이런 나의 여름방학에 할 수 있는 가장 멋진 일이었다. 가슴으로 느끼고 머리로 배운 것을 건강한 몸으로 실천하는 공부의 기회를 얻은 것이다.

아마도 10대들은 '왜 꼭 대학에 가야 할까?'란 질문을 끊임없이 하고 있을 것이며, 20대들은 '대학에서 뭘 해야 할까? 어떻게 취직을 해야 할까?'를 고민할 것이다. 나 또한 마찬가지로 그런 고민의 시기를 겪었고 또 취직을 염두에 두고 스펙과 스토리를 쌓고 있다. 그러나 분명한 것은 대학에서 우리가 할 수 있는 것은 어느 특별 분야에 대한 공부뿐만이 아니라는 점이다. 내가 생각하는 '공부'는 단순하게 IQ를 높여 시험성적을 잘 받는 것만이 아니라, 자신의 내면의 가치를 키울 수 있는 EQ를 높이는 것이다.

나는 보통 한 학기에 3학점짜리 5개 과목을 수강하고 있다. 시험은 보통 한 학기에 한 과목당 3~4번씩 본다. 학기 내내 동아리 활동 두 개, 게다가 학교 동아리는 회장까지 맡아 정신없이 바쁘다. 고학년으로 올라갈수록 공부 양이 엄청나게 많아지지만 그룹 프로젝트, 발표가 많아질수록 나는 더 즐겁게 공부에 임하고 있다.

그러나 스펙에만 너무 집중하다 보면 자신만의 이야기가 없어진다. 대단한 스펙으로 서류전형에 합격한다고 해도 차별화할 수 있는 스토리가 없다면 면접에서 밀릴 수밖에 없다. 또한 자신의 삶이 전혀 행복하지 않다는 것을 느끼게 될 것이다. 내면이 허하면 그 가치는 금방 탄로 난다. 하지만 본인만의 스토리가 있다면, 처음에는 빛을 내지 못하더라도 더 깊이 알아갈수록 사람들은 그 사람의 진정한 가치를 발견할 것이다.

70일 동안의 뜨거운 이야기, 도전과 용기로 가득 찼던 매일매일의 기적과 같은 청춘 일기를 한국에 있는 나의 또래 친구들에게 바친다. 하루하루 누구보다 치열하게 살고 있지만, 정작 가슴은 뜨겁게 타오르지 않는, 미지근하기 그지없는 그대들에게 말이다. 삶에 대한 열정으로 뜨겁게 살고 있는 지구 반대편의 청춘들에게서 뿜어져 나오는 에너지와 그 온도를 느끼길 간절히 바라며.

내 인생 최고의 70일로 당신을 초대한다.

드넓은 땅 미국에서 8개국, 29명의 청춘과 함께 땀과 눈물로 달린 7000km의 여정을 함께 떠날 준비가 되었는가?

Welcome to
UTAH
LIFE ELEVATED

목 차

1장

돈 주고도 살 수 없는
고생길을 택하다

샌프란시스코 팀에 합류하게 된 것을 환영합니다

"2012년 여름, 샌프란시스코 팀에 합류하게 된 것을 환영합니다."

2011년 초겨울, 나는 〈4K For Cancer〉라는 미국의 비영리단체로부터 환영의 메시지로 시작하는 메일을 한 통 받았다.

공군에서 통역병으로 2년간의 군복무를 마치고, 2011년 9월 학기 복학까지 시간이 조금 남아 이태원 부근에 있는 영어 학원에서 아이들을 가르치고 있을 때였다. 초등학교 때부터 친하게 지내던 친구 경인이에게 뜻밖의 제안을 받았다. 자신이 교환학생으로 가게 될 미국 볼티모어의 한 학교에 〈4K For Cancer〉라는 프로그램이 있다는데 혹시 함께 참여할 생각이 없냐는 것이었다.

'4K For Cancer?'

〈4K For Cancer〉는 미국의 존스홉킨스대학교에서 2001년 여름, 학생 5명이 자전거로 미국을 횡단하며 암에 대한 위험성과 경각심을 미국 전역에 일깨우고 암환자들에게 기부할 성금을 모으며 시작된 단체이다. 그 이후, 비영리단체로 정식 등록을 하고 매년 여름 30여 명의 학생들을 뽑아 볼티모어부터 샌프란시스코까지 70일간 7000km의 거리를 자전거로 횡단하며, 암과 투쟁하는 환자들을 물질적ㆍ정신적으로 도와왔다. 이 단체는 계속 성장하여 2011년에 2개의 팀이 더 결성되었고, 모두 볼티모어에서 출발하여 그 종착지를 샌프란시스코, 시애틀, 포틀랜드(Portland)로 하고 있다고 했다.

경인이에게 들은 설명에 덧붙여 〈4K For Cancer〉의 웹사이트를 통해 이 단체의 윤곽을 알게 된 나는 흥분했다.

'스물다섯의 여름, 주체할 수 없는 이 젊음을 바칠 만한 일이 바로 이런 거야!'

이 단체의 역사와 비전은 내가 이십 대 여름에 할 수 있는 일에 안성맞춤이었고, 나는 일말의 고민도 없이 내 스물다섯의 여름을 이 일에 걸겠다고 결심했다.

무엇보다 나의 마음을 움직인 것은, 70일 동안 자전거를 타며 육체적, 정신적으로 느끼는 고통을 통해 암 환자들의 고통을 만분의 일이라도

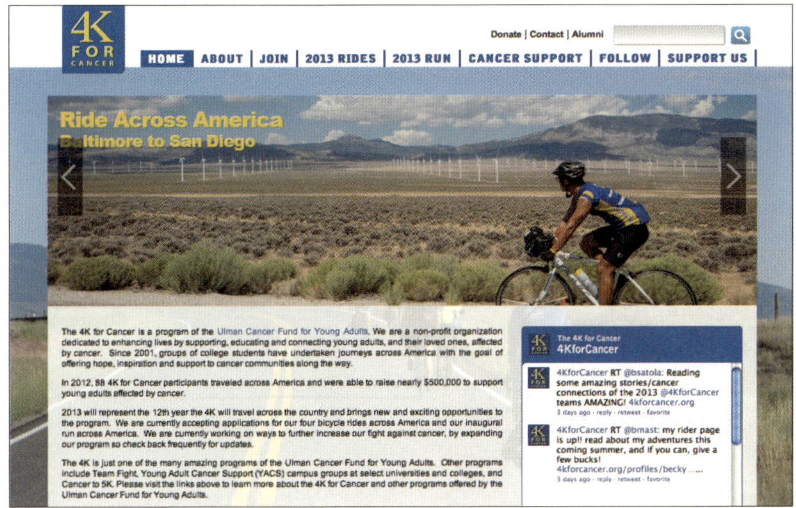

● 〈4K For Cancer〉 웹사이트

함께 느끼고, 그들의 입장에 더욱 가까이 다가갈 수 있다는 점이었다. 그리고 이 열망의 동기 앞에는 나의 '어머니'가 계셨다.

고등학교 3학년 때였다. 캘리포니아에서 교환학생으로 지내고 있던 2006년의 어느 가을날, 학교에서 축구 연습을 마치고 집에 돌아와 저녁을 먹고 있는데 홈스테이 주인집 아주머니가 한국에서 걸려온 전화라며 나에게 수화기를 전해주셨다. 반가운 마음에 받아 든 수화기 너머로 누나는 힘겹게 말을 이었다.

"동훈아, 엄마가 암이래. 갑상선암."

다 씹지도 않은 입안의 음식을 그냥 꿀꺽 삼켰다. '충격적'이라는 말이, 하늘이 노래진다는 말이 이럴 때를 두고 하는 말이었구나. 아무 말도 할 수가 없었다. 고개를 떨군 채 하염없이 눈물만 흘렸다.

다행히 초기 단계에서 발견했으니 치료는 충분히 가능하다며 나를 위로하는 누나의 목소리가 마치 누나 자신에게 하는 말처럼 간절하게 들렸다.

이 날벼락 같은 소식을 들은 뒤 나는 학교생활을 제대로 할 수 없었다. 지구 반대편에 있는 어머니를 위해 내가 할 수 있는 일이 아무것도 없다고 생각하면 가슴 깊은 곳에 가시가 박힌 것처럼 쓰려왔다.

며칠이 지나니 주변 친구들과 선생님이 나에게 무슨 일이 생긴 건지 계속해서 관심을 가지고 물어왔다. 어머니 이야기를 애써 숨기고 있던 나는 모두에게 솔직하게 지금 상황을 털어놓았다. 당시 내가 다니던 학교는 사립 기독교 고등학교였는데, 나의 소식을 들은 친구들과 선생님은 날마다 학교 수업 시작 전에 우리 어머니를 위해 다 함께 기도해주었다.

주변의 도움으로 나는 힘을 얻어 다시 정상적인 생활을 해나가기 시작했다. 무엇보다 미국에서 혼자 생활하는 내가 힘들어할까봐 암 판정을 숨기려고까지 하신 어머니를 생각하면, 더욱 열심히 살아가야 했다. 누나에게는 '어머니의 상태를 사실대로 전해줘'라고 부탁해두었다.

얼마 지나지 않아, 수술 날짜가 잡혔다는 소식이 들렸다. 걱정되는 마음에 어머니에게 전화를 걸었다. 예전의 그 기력 넘치던 목소리는 온데

간데없고 영락없는 환자의 목소리가 수화기 너머로 들려왔다. 우리가 떨어진 10000km의 거리만큼이나 멀게 느껴지는 목소리였다. 사랑한다는 말을 마지막으로 전화기를 내려놓고 나서 자리에 그대로 주저앉아버렸다. 눈물만 흐르는 이 상황에서 내가 할 수 있는 것은, 기도뿐이었다.

잠을 이루지 못해 일찌감치 일어나 전화기를 앞에 두고 노심초사 한국에서의 연락만을 기다렸다. 한 시간, 두 시간… 드디어 걸려온 전화. 심호흡을 길게 하고 든 수화기 너머에는 '아들' 하고 부르는 어머니가 계셨다. 수술은 잘되었고 경과를 지켜보면 된다고 직접 수술 결과를 이야기하는 어머니의 목소리를 들으며 다시 다리에 힘이 풀려 주저앉았다.
'하느님, 감사합니다. 정말 감사합니다!'
전화를 끊고 나서 한참을 울었다. 그 외로운 싸움을 이겨낸 어머니에 대한 존경과 감사함. 온 가족이 얼마나 걱정을 하며 간절하게 기도했을지… 그 마음들이 밀물처럼 밀려왔다. 날벼락 같은 소식을 전해들은 그 날 이후부터 오늘까지의 시간이 필름처럼 내 머릿속을 스쳐 지나갔다.

우리는 암이라는 '병', 아니 이 '단어'를 이제 주위에서 흔하다 싶을 정도로 자주 접한다. 이것은 무시무시하고 큰 병이지만, 남의 일이면 그저 '흔한 병'으로 인식될 뿐이다.
하지만 잠시 눈을 감고 생각해보자. 주위에 암과 사투 중이거나, 암을 극복한 사람, 혹은 그것을 이겨내지 못하고 하늘나라로 간 사람들… 그들은 마지막 날까지 통증과 항암 치료의 고통 속에 있었다. 인간으로서 느낄 수 있는 극한의 육체적, 정신적 고통을 모두 받는 것이다. 그리고 그들의 가족과 사랑하는 사람들의 슬픔까지 더한다면 그야말로 생지옥이 따로 없게 된다.

나의 가족에게 이런 일이 일어나고 나서야 비로소 깨달았다. 그리고 그때 느꼈던 감정들이 채 가시지 않은 2011년, 나는 경인이에게 이 운명 같은 제안을 받은 것이다. 조금의 망설임도 없이 나는 결정했다.

스스로 마음을 굳힌 후, 부모님께 이 단체의 취지를 말씀드렸더니 다행히 두 분 다 적극적으로 찬성해주셨다. 어머니는 이런 일에 도전할 생각을 한 것 자체가 기특하고, 암과 관련된 일이니만큼 참 고맙다고 말씀해주셨다. 그리고 잘 준비해서 지원해보라는 용기의 말씀도 아끼지 않으셨다. 아버지는 내가 한 결정에 후회가 없을 것이라고 생각되면 최선을 다하라는 당부를 잊지 않고 해주셨다.

그렇게 부모님의 든든한 지원을 등에 업고 나는 지원 시기인 8월이 오기만을 기다렸다. 출국 준비와 복학 준비를 하며 바쁘게 지내는 와중에도 시간을 내 지원서를 준비했다.

지원서에는 에세이형 질문이 4개 있었다. '암과 지원자 개인이 어떤 연관성이 있는지' '왜 4K에 참여하고 싶은지' '팀에 어떤 도움을 줄 수 있는지' 그리고 마지막으로 '자전거를 탄 경험이 얼마나 되는지'였다.

1차는 이 질문지를 포함한 서류 전형이었는데 지원서를 낸 지 얼마 되지 않아 전화 인터뷰 날짜를 정하자는 내용의 이메일이 왔다. 나는 최대한 빨리 인터뷰를 하고 싶어 9월로 정하고 인터뷰 날을 손꼽아 기다렸다.

드디어 인터뷰 날, 학교 수업이 끝나고 인터뷰 전화만을 기다리고 있었다. 혹시 집에 걸어가는 도중에 전화가 걸려오면 인터뷰에 집중을 못 할까 봐 방과 후 조용한 교실에 들어가 전화를 기다렸다.

"여보세요?"

전화 건너편에서 내 나이쯤 되어 보이는 여자의 목소리가 들렸다.

"안녕하세요, 저는 엠마(Emma)라고 합니다. 인터뷰는 30분 정도 걸릴 것이고 일단 제가 동훈 씨에게 질문을 하기 전에 우리 단체에 대해 조금 설명을 하겠습니다. 그리고 질문에 대해서는 마음에서 우러나는 솔직한 이야기로 답변을 해주시면 됩니다."

그녀는 단체에 대해 설명을 시작했다.

"우리 단체는 2001년 존스홉킨스대학교 동아리에서 시작하여 이제는 정식으로 등록된 비영리단체입니다. 우리는 암이라는 끔찍한 질병으로 인해 고통을 겪는 환자들은 물론이고 그 가족들의 삶을 보조하며 그들의 삶이 더 나아질 수 있도록 돕고 있습니다.

특히 처음 암 진단을 받았을 때 어떻게 해야 할지 모르는 19세부터 39세 연령대의 환자들에게 같은 연령대의 비슷한 처지에 있는 사람들을 소개시켜주고 항암 치료 및 암과의 싸움에 앞서 준비해야 할 것이 무엇인지를 알려주는 등의 도움을 주고 있습니다.

또 큰 병원비 때문에 교육을 계속 받지 못하는 학생 환자들에게는 장학금을 제공해주기도 합니다.

동훈 씨가 저희 팀에 선발이 된다면 먼저 4500달러를 모금하셔야 하는데 제가 말씀드린 이런 곳에 그 소중한 성금이 쓰이게 될 것입니다."

이렇게 설명이 끝난 후에, 본격적인 인터뷰가 시작됐다.

"동훈 씨는 왜 4K에 참여하고 싶은가요? 에세이를 읽어보았지만 조금 더 자세히 설명해주세요."

나는 상대방에게 일부러 감동을 주거나 꾸미려 하지 않고 그저 내 마음에서 나오는 이야기를 있는 그대로 말하기 시작했다.

"제가 미국에서 공부하던 2006년에 어머니가 갑상선암에 걸리셨는데 그때 어머니께 전혀 해드린 것이 없었습니다. 어머니가 힘든 시간을 보내실 때 저는 옆에서 도움이 되지도 못했고, 지금껏 어머니께서 주신 사랑에 보답할 길이 없었습니다.

그런데 마침 4K에 대해 알게 되었고, 저는 이 70일을 한국에서 갑상선암을 이겨내신 어머니께 무엇인가를 되돌려 드린다는 의미와 함께 어머니뿐 아니라 우리 삶 이곳저곳에서 쉽게 찾아볼 수 있는 암환자들의 고통을 느끼고 그들에게 희망을 주고 싶어 지원을 하게 되었습니다."

사실, 친한 친구들도 모르는 내 속 이야기를 전화 건너편에 있는, 얼굴도 모르는 사람에게 모두 이야기한다는 것이 썩 내키지는 않았다. 그러나 내 진심 어린 말에 인터뷰를 진행하던 엠마도 마음을 열고 귀를 기울이고 있는 듯했다. 어머니의 완쾌가 얼마 남지 않았다는 말을 했을 때, 정말 기뻐해주는 그녀의 반응에 지금 내가 인터뷰를 하고 있는 것이 아니라 친구와 함께 속 깊은 대화를 나누고 있다는 느낌마저 들었다.

잠깐의 침묵이 흐르고 다음 질문이 이어졌다.

"이렇게 큰 금액을 모금할 자신 있으세요? 어떤 방법으로 모금활동을 하실 건가요?"

엠마의 두 번째 질문에 나는 준비했던 답변을 침착하게 이어갔다.

"저는 미국은 물론이고 한국에도 많은 친구들이 있습니다. 한국에는 가족과 친척들이 있고 미국에는 위스콘신과 캘리포니아에 가족처럼 지낸 호스트패밀리가 있습니다. 그들의 친척들도 있으니 먼저 그들을 시작으로 모금을 진행할 계획입니다.

그리고 학교와 지역사회의 신문사에 연락하여 교수님들은 물론, 모르는 사람들에게도 후원을 받을 생각입니다."

● 4K For Cancer로부터 받은 합격 메일

상당히 체계적인 계획이 세워져 있다고 놀라며 엠마는 마지막 질문을 던졌다.

"70일 동안 거의 30명이 되는 사람들과 좁은 공간에서 매일 부딪치며 지내는 것이 쉬운 일이 아닌데 그것이 문제가 되진 않을까요?"

나는 기다렸다는 듯이 대답했다.

"저는 2008년 10월부터 2010년 12월까지 고국인 한국에서 공군으로 근무를 하였습니다. 통역병으로 국방부 및 미군 부대에도 파견을 가며 많은 사람들을 대했고 자대인 성남 비행단에서도 수많은 사람과 매일 만나며 2년간 생활했습니다. 20명 정도 되는 부대에서 막내로 19명의 고참들을 대한 적도 있고, 나중에는 그 부대에서 거꾸로 19명을 책임져야 하는 자리에 있기도 했습니다. 이번 4K에서 제가 리더를 맡을 것은 아니지만 남들이 해보지 못한 경험을 가지고 있는 저는 팀원들의 중간에서 윤활유 같은 역할을 충분히 해낼 수 있습니다."

사실, 이 여행에서 리더를 해보고 싶은 마음이 굴뚝같았지만 리더의 자격에는 이 단체의 본사가 있는 볼티모어 지역에 살아야 한다는 항목이 있었다(떠나기 전에 많은 모임과 회의에 참여해야 하기 때문에).

"어린 나이에 정말 많은 경험을 했군요. 이제 하고 싶은 질문이 있으면 하세요. 제 질문은 끝났습니다."

인터뷰 초반에 그녀가 작년 4K에 참여했었다는 말이 기억나, 나는 그녀에게 어떠한 경험을 했는지 물어보았다.

"제 인생에서 길이 남을 만한 정말 엄청난 경험을 했어요. 너무나도 많은 것을 배웠고 깨달았습니다. 기회와 시간이 된다면 꼭 한 번 더 도전해보고 싶어요."

그렇게 약 40분가량의 긴 전화 인터뷰가 끝났다. 그녀는 나에게 4K가 엄청난 경험과 내 인생의 자산이 될 것이라고 말했다. 그리고 4K의 하루가 어떤 식으로 돌아가는지까지 대충 설명을 해주었는데 그녀의 이런 말들로 내가 팀에 합류할 수 있으리라는 확신이 생겼다.

그리고 며칠 후, 드디어 4K 운영진으로부터 메일을 받게 된 것이다.

진정성이 끌어모은 기적의 4500달러

4K에 참여하기 위한 마지막 티켓은 횡단을 시작하는 2012년 5월 27일이 되기 일주일 전까지 최소한 4500달러의 성금을 모으는 것이었다.

12월이 되자, 4K 공식 웹사이트에 내 사진과 내가 왜 4K를 하고 싶은지에 대해 쓴 에세이가 올라갔고 그 웹사이트에서 사람들이 신용카드로 후원을 할 수 있는 시스템이 구축되었다.

주어진 기간은 5개월. 한화로 500만 원 정도를 모아야 했지만 나는 조급해하지 않기로 했다. 걱정한다고 해서 실제로 도움이 되는 건 하나도 없었기 때문이었다.

평소처럼 나는 이 큰 과제 앞에서 스스로에게 혼잣말을 했다.

'내가 걱정하는 일 중에서 90%는 실제로 일어나지 않을 일이고 5%는 쓸데없는 일, 실제로 나에게 일그런 일이 생길 확률은 1~2%밖에 되지 않아. 그러니 걱정일랑 말고 일단 행동하자!'

우선은, 가장 효과적으로 모금할 방법을 모색했다.

100명이 족히 넘는 사람들에게 하나하나 각각 다른 내용으로 메일을 보내는 것은 비효율적이라고 생각한 나는, 일단 같은 내용을 쓴 다음 메일의 처음 부분만 개인적인 이야기로 채우고 같은 내용을 쓴 부분은 복사를 한 후, 붙여넣기를 하는 식으로 작성했다.

영어로 쓸 때에는 하나의 버전만 있으면 됐지만 한글로 쓸 때는 형,

누나, 친구, 그리고 나이가 어린 동생들에게 각각 다른 높임 표현을 써야했기 때문에 몇 개의 다른 버전이 필요했다. 그렇게 사람들에게 보낼 메시지를 모두 작성하고 한 명 한 명에게 이메일을 보낼 준비를 마쳤다.

안부글로 운을 뗀 후, 4K라는 단체에 대한 간단한 설명과 함께 이번 여름에 암환자에게 희망을 주기 위해 자전거로 미국을 횡단할 계획이라고 밝혔다. 또, 끔찍한 암을 이겨낸 어머니에게 70일을 헌신하고 싶다는 내용과, 마지막으로 부담되지 않는 금액 내에서 기부를 해준다면 감사하겠다는 내용을 덧붙였다. 지금 형편이 되지 않는다면 부담 없이 거절을 해도 괜찮다는 말도 잊지 않았다.

실제로 물질적인 기부가 아닌 응원의 메시지가 더 힘이 되는 경우도 있었다.

'이렇게 뜻깊은 일을 하는 너에게 적은 금액으로나마 도움을 주지 못해 미안하다. 힘내고 몸조심해서 꼭 승리해라'와 같은 답변을 곧바로 보내주는 친구들도 있었는데, 이런 것들 하나하나가 말로 표현할 수 없이 큰 힘이 되었다.

첫 번째 후원자는 우리 대학 교환학생으로 와 있는 스웨덴 친구였다.

메일을 보낸 지 한 시간이 채 안됐는데, '엑슬(Axel)'이 기부를 했다는 알림 이메일이 왔다. 이렇게 누군가가 나에게 기부할 때마다 이메일로 알림이 오고 4K 웹사이트에 그들의 이름이 올라갔다.

모금받은 500만 원은 우리가 탈 자전거를 사거나 70일 동안 먹을 음식을 사는 데 쓰이는 것이 아니라 100% 모두 암환자들에게 쓰일 것이었기 때문에 나는 당당하게 목적이 분명한 모금을 할 수 있었다. 또, 이것을 있는 그대로 정직하게 설명하니 대부분의 사람들이 선뜻 손을 내밀어 주었다. 100명이 넘는 사람들에게 5개월에 걸쳐 후원을 받은 결과 나는 5000달러가 넘는 금액을 모을 수 있었다.

물론, 메일 발송으로만으로 이런 성과를 얻은 것은 아니었다.

동네 근처 집집마다 돌아다니며 다짜고짜 초인종을 누르고 모금 활동을 하기도 했다. 문을 열어주면 인사를 하고 내가 하게 될 일에 대해 설명을 했는데, 가끔은 "벌써 많은 곳을 도와주고 있어요!"라며 문을 닫아 버리는 집도 있었다. 하지만 대부분의 이웃들이 조금씩이나마 도움을 주었다.

"정말 자전거로만 횡단을 하는 거예요? 미국이 얼마나 큰 나라인지는 알고 있지요?"라며 되묻는 분들도 있었고 우리 단체가 하는 일에 대해 더 자세히 알고 싶어 하는 사람들도 많이 있었다.

방문 모금에 이어서 내가 직접 주문 제작한 '4K For Cancer' 팔찌를 나눠주며 후원을 받았다. 오전 9시부터 대형마트 입구에 배너를 붙인 책상과 팔찌를 준비해 오후 5시까지 3번에 걸쳐 모금을 한 결과, 약 1000달러 정도의 금액을 모을 수 있었다. 예상보다 훨씬 많은 사람들이 다가와 관심을 표하고 나의 이야기를 듣고 싶어 했다. 한국의 대형마트에서 흔히 볼 수 있는 왁자지껄한 홍보 방식을 택하진 않았다. 단지 책상 앞 배너에 '우리는 암과 싸우기 위해 미국을 횡단합니다'라는 문구만 써 붙여놓았을 뿐이었다. 그리고 대부분이 그저 이 문구를 보고 다가온 사람들이었다.

몇몇 사람들은 자신도 암을 이겨낸 경험이 있다면서, 또 어떤 사람들은 주변에 암으로 고생하고 있는 사람들이 있다면서 다가와 말을 걸었다. 사랑하는 사람이 암으로 죽어가는 것을 지켜봤던 사람들도 눈물을 훔치며 다가와 선뜻 성금을 내주고 그들의 이야기를 나누고자 했다.

그중에서도 가장 기억에 남는 사람이 있다.

배너가 붙은 책상 주변에서 사람들과 이야기를 하고 있는데 저쪽 빌딩 한 구석으로 눈이 갔다. 계속 시선이 느껴져서 주위를 살펴보니 내가 있는 쪽을 뚫어져라 쳐다보며 담배를 피우고 있는 이십 대 남자 한 명이 보였다. 속으로는 '설마 이 모금함을 훔쳐갈 생각인 건가?'라는 생각이 들 정도로 그는 덩치가 크고 인상이 좋지 않았다.

사람들과 이야기를 마치고 주변이 한산해지자 남자는 담배를 끄고 내 쪽으로 슬금슬금 다가왔다. 나는 무의식적으로 모금함을 내 쪽으로 더 가까이 옮기며 바짝 경계했다. 그가 나에게 다가와서 말을 건넸는데 목소리와 눈빛으로 보아하니 나쁜 사람 같지는 않았다. 나는 그에게 내가 하게 될 일에 대해 설명을 했다.

내 이야기가 끝나자 그는 자신의 이야기를 꺼내놓았다. 그의 어머니

● 2011년 12월, 대형마트 앞에서의 모금 활동

는 그가 다섯 살 때 암으로 돌아가셨단다. 기억에 남아 있는 어머니 모습은 거의 없지만 오늘날까지 매일매일 어머니를 그리워하며 살고 있다고 했다.

어머니 이야기를 하는 그의 눈에 눈물이 고였다. 그의 겉모습만 보고 '나쁜 사람이 아닐까' 했던 조금 전의 내 모습이 초라해보였다. 그리고 내가 이번 여름에 할 일에 대한 중요성을 다시금 깨달았다.

"무슨 일이 있더라도 최선을 다해서 완주할게요. 횡단을 하며 제가 만날… 살아 있는 암환자들 한 명 한 명에게 꼭 희망을 전하겠습니다."

나는 진심으로 그에게 내 다짐을 전했다.

한번은 꼬마 여자 아이가 나에게 지폐 한 장을 들고 손을 흔들며 다가왔다. 아이를 보고 웃으며 고맙다고 인사를 건네자 아이의 옆에 있던 어머니가 말했다.

"얘가 지금 5살인데… 태어난 지 얼마 안 돼서 암이 생겼었어요. 물론 지금은 다행히 완치되었고요. 이런 일을 해줘서 참 고마워요."

나는 아이에게 "축하해"라고 말했다. 그 아이도 나를 보고 환하게 웃으며 말했다.

"이젠 건강해져서 너무 좋아요."

'암'이라는 단어를 들으면 대부분의 사람들은 죽음, 고통과 같은 어두운 것들을 떠올린다. 그러나 그 죽음의 그림자가 걷히고 나면 저 아이처럼 밝은 모습으로 살아갈 수 있는 미래가 기다리고 있다는 것을… 나는 내가 만나게 될 암환자들에게 꼭 그런 희망을 불어넣어 주겠다고 몇 번이고 다짐했다.

하루는 중년의 덩치 큰 아저씨가 내 쪽으로 뚜벅뚜벅 걸어오셨다.

"이런 일을 하다니, 참 고마워."

그 걸음걸이와 몸짓만큼이나 투박한 이 한 마디와 함께 후원금을 넣어주고 갈 길을 가려 하셨다. 나는 그분의 뒷모습에서 왠지 모르게 사연이 있음을 느꼈다. 그래서 아저씨의 등에 대고 "후원해주셔서 정말 감사합니다!"라고 크게 말했다. 그리고 용기를 내 한마디를 더 건넸다.

"혹시, 이렇게 후원해주시는 특별한 이유가 있나요?"

이 말을 듣고 돌아선 아저씨의 눈에는 눈물이 고여 있었다. 그리고 짧게 대답했다.

"내 아들이 어렸을 적에 암으로 죽었어."

순간, 나는 괜히 여쭈어본 게 아닌가 싶어 어쩔 줄 몰라 하고 있었는데 아저씨는 오히려 나에게 물어봐주어서 고맙다며, 진한 포옹을 해주시고 눈물을 훔치며 떠나셨다.

마트 앞 모금을 하는 동안에는 거의 영하에 가깝도록 쌀쌀했지만 추위 때문에 힘들거나 쉬고 싶다는 생각은 한 번도 들지 않았다. 암으로 인해 상처를 입은 사람들이 정말 많다는 것, 그리고 그것을 이겨낸 사람들이 이제는 행복하게 웃으며 살고 있다는 것을 직접 보고 느낄 수 있는 시간이었고 그들에게 받은 에너지는 다가올 나의 여름에 불타는 도전으로 이어질 것이기 때문이었다.

지나가며 큰 소리로 힘내라고 외쳐주었던 사람들, 추운 날씨에 고생한다며 코코아를 조용히 건네었던 사람들… 지역사회의 많은 분들이 물심양면으로 도와주셨다는 것을 잘 알았으며 지금도 감사하게 생각하고 있다.

2012년 5월 초, 나는 4500달러의 모금액을 달성했다.

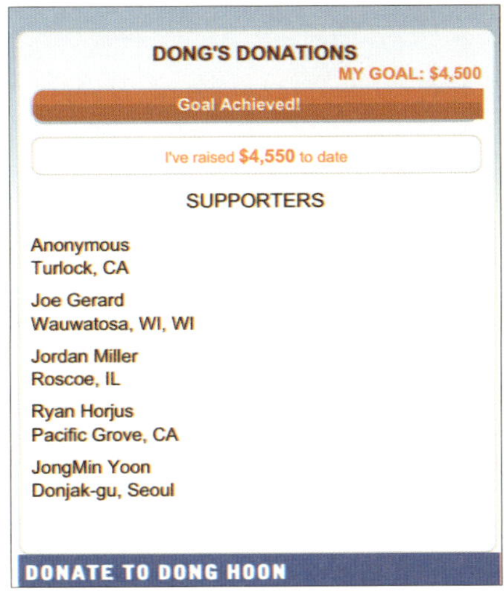

● 목표 모금액 4500달러를 넘어섰을 때의 스크린샷. 캘리포니아의 어떤 분이 익명으로 50달러를 기부해주셔서 4550달러를 찍는 순간이었다

이제부터 내 신발과 페달은 하나다

3월이 되니 날이 풀리고 자전거를 타기 좋은 날씨가 되었다.

4K에서는 중간 모금 액수를 2000달러 넘긴 사람에게 Felt라는 자전거 회사에서 기부한 자전거를 배송해주었다. 다행히 3월에 2000달러를 넘은 상태여서 자전거가 오기만을 기다리고 있었다.

배송이 오기로 한 날, 나는 집 아파트 창문 밖을 목이 빠져라 바라보고 있었다. UPS 트럭이 우리 집 앞에 멈추는 게 보이는 순간, 나는 "드디어 왔구나!"라고 외치며 거의 날다시피 계단을 뛰어 내려가 문을 휙 하고 열었다.

확 열리는 문에 택배 아저씨가 놀랄 정도로 나는 흥분된 상태였다. 역시나 아저씨 옆에는 자전거가 들어 있는 큰 상자가 있었다. 받자마자 집에 들어와 박스를 풀어 헤쳤다.

얼마 전 근처에 있는 자전거 가게에 가서 신체 측정을 받아 4K 사무실에 내 사이즈를 알려주었기 때문에 자전거는 나에게 딱 적당한 크기였다. 문제는 내가 태어나서 단 한 번도 자전거 조립을 해본 적이 없다는 것이었다. 한국에서는 바퀴에 펑크가 나거나 자전거에 문제가 생기면 그냥 자전거 가게에 가서 고쳐달라고 해왔기 때문이다. 조립형으로 도착한 고급 자전거 앞에서 나는 아무것도 할 줄 모르는 애송이가 된 기분이었다.

자전거 부품들을 다시 상자에 넣어 2주 정도 집안에 고이 모셔 놓았다가 날씨가 풀리고 나서야 설명서를 보며 룸메이트와 함께 조립에 도전했다.

총 조립 시간은 2시간. 우여곡절 끝에 어지간히 자전거 모양을 갖추게 되었다. 너무 뿌듯한 마음에 밤 9시가 다 된 늦은 시간에 자전거를 끌고 집 앞으로 나갔다.

사이클링 초보인 나는 갈 길이 멀었다.

샌프란시스코 팀원들이 페이스북에 남긴 글을 보니 페달과 사이클링용 신발, 사이클링용 바지 및 우비를 사야 했다. 사이클링용 신발과 페달은 장거리 주행에는 반드시 필요한 것이었다. 보통 자전거를 탈 때에는 페달을 위에서 아래로 밟지만 전문 사이클링용은 페달에 신발을 장착하여 다리를 위로 끌어 올릴 때도 페달이 밟아지도록 되어 있었다. 때문에 힘을 그만큼 덜 들이고 탈 수 있는데, 장거리 주행에서는 그것이 필수였다. 사이클링용 바지 역시 하루 평균 8시간 이상 자전거를 타야 하는 우리에게 없어서는 안 될 용품이었다. 사이클링용 바지에는 두툼하고 부드러운 패드가 붙어 있는데 안장에 장시간 앉아 있어야 하는 엉덩이를 조금이나마 편하게 해주는 역할을 한다. 페달을 밟으면 엉덩이가 조금씩 움직이면서 안장과 엉덩이 사이에 생기는 마찰로 피부가 쓸리기 때문에 엉덩이에 바르는 크림도 같이 사야 했다. 비가 오는 날에도 자전거를 타야 하니 우비가 필요한 것은 당연했고.

마침 근처 밀워키에서 자전거 매장의 세일 행사가 있다고 해서 나는 사전 조사 없이 그곳을 찾아갔다. 필요한 물품이 적힌 종이를 가지고 행사장 이곳저곳을 돌아다녔다. 사이클링 용품이 원래 비싼 줄은 알고 있었지만 이 정도일 줄이야! 사이클링용 신발이 10만 원, 페달은 7만 원, 바지는 5만 원, 우의는 8만 원, 그리고 튜브, 펌프 및 자전거를 고치는 데 쓰이는 다용도 기구 등을 사니 40만 원에 달하는 금액이 나왔다.

다니던 고등학교 선생님이 전문적으로 자전거를 타는 분이라는 것을 알고 있었기 때문에 나는 선생님께 이것저것 여쭈어볼 생각이었다. 선

● 볼티모어로 출발하기 5일 전, 자전거를 미리 택배로 부치기 위해 분리 후 작게 만들었다

생님은 집에 한 번 찾아오라고 하셨다.

용품들을 준비해 선생님 댁을 찾아갔다. 선생님의 지시에 따라 사이클링 신발을 신고 자전거에 올라탔다. 사이클링 신발 밑창에 있는 철굽과 페달 홈은 서로 맞물리도록 되어 있었다. 그래서 딸각 소리가 한 번 나며 신발이 페달에 끼워지면 발뒤꿈치를 바깥쪽으로 돌려야만 신발이 페달에서 빠졌다. 선생님이 앞에서 잡아주고 나는 제자리에서 자전거에 앉아 신발을 페달에 끼우는 연습을 했다. 몇 번의 연습을 통해 자신감을 얻은 나는 선생님 댁 앞을 몇 바퀴 돌며 감을 잡았다.

어떻게 쓰이는지 전혀 감이 잡히지 않았던 사이클링 신발과 페달을 사용해보니 기분이 새로웠다. 처음 하는 일들이 대부분 그렇듯 이것 역시 적응 기간이 필요했다. 팀원들 말대로 다리를 밑으로 밀며 페달을 밟을 때만이 아니고 다리를 위로 끌어올려도 페달이 밟혔다. 발바닥이 계속해서 저려오는 불편함이 있었는데 선생님은 시간이 지나면 이 신발과 페달의 중요성을 깨닫게 될 거라고 하셨다.

그날 이후, 홀로 연습에 들어갔다. 신발이 페달에 장착되어 있다는 것을 자꾸 깜빡하는 바람에 대책 없이 신발이 페달에 붙은 채로 넘어지기 일쑤였다. 7000km를 달리려면 이 장비들이 꼭 필요하다는 선생님의 말씀을 떠올리며 반복적인 연습으로 여름을 대비했다.

신문사와 인터뷰를 하다

모금에 도움이 되리라는 생각으로 지역 신문사 몇 군데에 연락을 하기 시작했다.

내가 다니는 학교 신문사를 시작으로 근처 도시 몇 군데의 신문사에 내가 하게 될 일에 대해 설명하고 혹시 이것을 보도할 의사가 있는지 제안하는 메일을 보냈다.

결과는 예상 외로 대성공이었다.

며칠 지나지 않아 지역 신문사에서 답장이 오기 시작한 것이다. 가장 먼저 답장이 온 것은 교내 신문사였다. 우리 학교 학생의 이런 사례를 교내에는 물론이고 지역사회에 알리면 학교 교수들, 학생들, 그리고 사회 일원을 일깨울 수 있는 좋은 기회가 될 것이라는 내용이었다. 그리고 빠른 시일 내에 인터뷰를 하자고 했다.

그렇게 해서 그 주에 바로 인터뷰를 하고 며칠 후 학교 사이트에 기사가 게재되었다. 그다음 주에는 교내에 발행되는 신문에 한 면을 꽉 채운 기사가 나갔다. 그러자 다른 지역 신문사에서도 한 군데 두 군데씩 연락이 오기 시작했다. 총 4개의 신문사에 나의 기사가 실리게 되었다.

일간지 생활면을 담당하는 기자에게도 연락이 왔는데, 이런 기사가 나가게 되면 지역사회에 큰 도움이 될 것이 분명하다며 흥분해 있었다. 카페에서 만나 내 마음에서 우러나는 이야기를 했다. 기자는 숨을 죽이고 내 이야기를 들으며 바쁘게 타이핑했다. 인터뷰가 끝난 후, 여행하면서 시간이 나면 중간중간 꼭 소식을 전해달라며 명함을 주는 이도 있었고 여행이 끝나고 연락을 해서 여행에서의 경험을 이야기해달라는 분도 있었다.

한국의 헤럴드경제신문사와도 연락이 닿아 인터넷에 기사가 올라갔다. 헤럴드경제 사회부에서 답장이 왔는데 바로 기사화하고 싶으니 인터뷰 질문지를 보내겠다고 했다. 인터뷰는 메일로 질문을 받아 내가 답변을 적어서 보내는 방식으로 진행되었다.

모금 활동을 조금 더 활발히 해보고자 하는 의도로 보냈던 메일로 생각보다 여러 매체에서 관심을 받게 되니 약간 부담이 되긴 했지만 진심으로 기쁘고 보람 있는 일을 한다는 생각에 가슴이 벅차올랐다. 내 기사를 통해 조금이라도 더 많은 사람들이 〈4K For Cancer〉라는 프로그램을 알게 된다는 사실 때문이었다.

지역사회의 건강한 사람들은 물론이고 암으로 투병 중인 환자들이 이 기사를 보고, 그들이 결코 혼자가 아니라는 것을 깨닫길 바랐다.

'그래, 내가 이 프로그램에 참여하는 궁극적인 목표가 바로 이것이었지.'

가슴이 뜨거워졌다.

암에 대한 경각심을 일깨우기 위해, 이 사회가 암환자들에게 결코 무심하지 않다는 것을 그들에게 알리기 위해, 그들이 결코 혼자가 아님을 전하기 위해 노력하는 청년이 있다는 것. 이 사실을 단 한 사람에게라도

● 2012년 4월 13~15일, 주말 지역신문에 내 기사가 실렸다

더 전달할 수 있다면 그것으로 족했다.

지역사회의 열렬한 지지 속에 나는 차근차근 여름을 위한 준비를 해 갔다. 내가 사는 도시의 사람들에게는 충분히 알렸으니, 이젠 더 나아가 미국 전역에 이 건강한 경험을 알릴 차례였다.

나의 여름이 더욱 더 기대되었다.

7000km를 준비하는 우리들의 자세

시험과 과제로 바빠졌지만, 1주일에 한 번 2시간 이상은 자전거를 탈 수 있도록 사이클링 수업을 신청했다.

8주 동안 하는 짧은 수업으로, 금요일 아침 9시부터 정오까지 자전거를 타는 것이 수업 내용의 대부분이었다. 간단하게 자전거의 상태를 확인하는 것들을 배우기도 했다. 하지만 그것으로는 매일 평균 100km 이상을 타야 할 여름을 제대로 준비할 수 없을 것 같아 시간이 날 때마다 틈틈이 자전거에 올랐다.

맨 처음 중장거리 자전거 타기에 나선 날은 어제 일처럼 생생하게 기억난다.

그날은 4K에 같이 지원한 친구 크리스마리(Chrismare)와 마음이 맞아 자전거를 타기로 한 날이었다. 날씨가 아주 맑았는데도 불구하고 바람이 불어서 손도 시리고 한기를 느낄 정도였다.

하지만 이까짓 것, 군대에 있을 때 새벽 6시마다 자전거를 타고 신문 배달을 하러 다녔던 내가 아닌가. 군대에 있을 때 3개월 정도 그런 생활을 했는데, 지금 생각해보니 가뜩이나 1년 중에 가장 추운 3개월이었다. 12월부터 2월까지 막내 생활을 하며 자전거로 신문을 배달하러 다닌 기억에 웃음이 났다. 아침마다 활주로를 보며 그저 늦으면 안 된다는 생각만으로 빠르게 자전거 페달만 밟았었는데… 그때를 회상하면서 속도를 내기 시작했다. 부드럽게 나아가는 바퀴의 느낌이 좋아 얼굴에 절로 미소가 지어졌다.

그날 목표는 왕복 30km 정도인 아주 멋진 자전거 길이었다. 글레이셜 리버 트레일(Glacial River Trail)이라고 불리는 길이었는데, 대부분이 평지여서 아직 체력이 최상이지 않은 나에게 적당한 코스였다. 자전거 길을 따라 반환점까지 간 후, 다시 돌아오려고 하는데 근처 호수에서 바람을 쐬고 싶다는 생각이 들어 언덕을 지나 호수가 보이는 곳까지 올라갔다. 경치가 좋은 꼭대기에는 사람들이 골프를 칠 수 있는 골프클럽이 있었다. 번지르르한 건물들을 지나 자전거를 놓고 잠시 앉아 휴식을 취할 곳을 찾아놓고 앉으려 하는데 사진 찍기를 좋아하는 크리스마리가 호수를 배경으로 사진을 찍자고 했다.

자전거를 옆에 두고 사진을 하나 찍고 나서 자전거를 타고 가는 모습도 사진에 담고 싶은 욕심에 한 발을 페달에 끼우고 한 발은 그냥 페달에 얹은 채 언덕을 살며시 내려오며 포즈를 취했다. 그리고 정지하려던 찰나… 아차! 내 한쪽 발이 페달에 끼워져 있다는 것을 또 깜빡하고 말았다. 깨달았을 때는 너무 늦었지만…….

1초, 길어봐야 2초 후에는 넘어진다는 것을 알면서 아무것도 할 수 없는 그 느낌! 아마 느껴본 사람만이 알 것이다. 그 순간에 페달에서 신발을 빼고 중심을 잡는 것은 아무래도 불가능해 보였다. 결과는 역시, 한쪽으로 중심이 쏠려 넘어지고 말았다.

2주 동안 자전거를 상자에 넣어놓고 거들떠보지도 않은 것에 대한 죗값일까? 오른쪽 발목에는 피가 났지만 어쩐지 웃음이 났다. 크리스마리와 한바탕 웃고 있는데 골프 카트를 타고 클럽 직원이 와서 "괜찮냐"고 물었다. 순간, 아픈 것보다 창피해서 그곳에서 빨리 벗어나고 싶은 마음뿐이었다.

그렇게 휴식을 마친 후, 우리는 다시 페달을 밟았다. 오후 4시가 지나자 날씨가 꽤 추워지고 있었다. 돌아오는 길에는 다리 힘을 기르자는 생각으로 페달을 있는 힘껏 밟으며 최고 속도를 올리려고 노력했다.

그날의 트레이닝은 그렇게 마쳤다. 낯선 사이클링 신발과 페달에 익숙해지는 것이 훈련의 핵심이었는데 제대로 된 셈이었다. 신발과 페달이 하나라는 생각을 깜빡한 탓에 한 번 우당탕 넘어졌으니 앞으로 그럴 일은 없을 테니까.

사실 다음 달부터 시작하는 70일간의 여정에서 단 한 번도 넘어지지 않는 것이 내가 마음속으로 세운 목표 중에 하나였다. 해서, 예행연습에서 한 번쯤 넘어진 것은 오히려 내 몸에게 '넘어질 때'의 감각을 알게 해주는 좋은 훈련이 되었을 것이다.

기말고사가 다가오고 있던 어느 날, 무리하지 않는 코스로 자전거를 타는 도중에 문득 이런 생각이 들었다.

앞으로 투병 생활을 한 주변 사람들에게 난 과연 어떤 사람이었을까?

그들이 편하게 다가올 수 있도록 마음을 활짝 열어둔 적이 있었나? 이제 와서 이렇게 자전거를 타며 암환자들에게 희망을 준다고는 하지만 암으로 고생하던 친구들에게 나는 진정 어떤 존재였을까?

반복적으로 한 길을 달리며 페달을 밟다보니, 불현듯 이런 질문들이 떠올랐고 그것들은 나 자신을 돌아보게 했다.

물론 나는 줄곧 미국에 있었기 때문에 어머니나 암으로 고생한 친구들 옆에서 직접 무엇을 해줄 수 있는 입장은 아니었지만 '힘내'라는 편지 한 통 쓰지 않았던 나의 무관심이 한없이 부끄러워졌다. 그리고 한편으론 암으로 투병하는 사람들에게는 그저 그들 곁에 있어준다는 것만으로 큰 힘이 될 수 있다는 것을 깨달았다.

나 또한 유학 생활 중에 몸이 아플 때가 가장 외롭고 힘들었다. 한국에 있을 때, 특별히 대단한 것이 있었던 게 아니라 그저 끼니와 약을 챙겨주며 곁을 지켜주신 어머니가 있었다는 것을, 그리고 그것이 나에게는 무엇과도 비교할 수 없는 큰 힘이 되었다는 것을 더불어 알게 되었다.

그렇다.

나는 70일의 여정을 시작하기 전부터, 이렇게 그들에게 한 걸음씩 다가가고 있었다. 여정에 오르면, 나는 그리고 우리는 이보다 더 힘든 길 위를 달리면서 하루씩 그들에게 가까이 다가갈 것이고, 그들을 이해하게 될 것이고, 그리하여 그들에게 힘이 될 수 있을 것이라는 믿음이 생겼다. 이런 사람들이 미국뿐만이 아니라 세계 전역에 더 많이 생겨난다

● 날씨가 따뜻해져 글레이셜 리버 트레일을 따라 연습을 나갔던 날. 아직은 일반 운동화를 신고 있다

면 암환자들을 방문하는 사람들이 더욱 많아질 것이고 그들이 혼자 외로운 싸움을 하는 시간은 줄어들 테니.

이렇게 하나하나 깨달으며, 어떻게 암환자들을 도울지 고민하면서 시간을 보내는 일은 자전거를 타며 육체적인 단련을 하는 것만큼 중요한 것이었다.

오늘 나에게 암 판정이 내려진다면

드디어 모든 준비가 끝나고 2012년 5월 25일이 되었다.

인디애나(Indiana)에서 비행기를 타고 오후 1시에 볼티모어에 도착했다. 4K 사무실 사람이 우리를 데리러 공항에 나와 있었다.

차에 올라탄 나는 앞으로 있을 70일 동안의 생활이 궁금하여 이런저런 질문을 했다. 우리를 데리러 나온 사람은 작년에 횡단을 한 졸업생인데, 내 질문에 작년 생각이 났는지 신이 나서 이야기를 해주었다. 특히, 4K의 하루가 대충 어떻게 돌아가는지 궁금하여 그 점을 물어보니 하루하루가 다르고 우여곡절이 많기 때문에 한마디로 정리하긴 힘들단다. 정해진 것이라곤 일어나는 시간과 아침에 할 일, 그리고 자전거를 오랫동안 탄다는 사실뿐이라고. 그 외에는 정말 한 치 앞도 알 수 없는 70일이 될 거라고 덧붙였다.

이야기를 나누다보니 어느새 사무실에 도착했다. 아침 비행기로 먼저 도착한 다른 4K 멤버들이 보였다. 짐을 내려놓고 내 자전거가 잘 도착했는지(출발하기 며칠 전에 자전거를 택배로 부쳐놓았다) 확인했다. 자전거를 다시 조립하고 그곳에 와 있는 다른 4K 멤버들과 이야기를 하며 오후 시간을 보냈다.

그날 저녁, 총 84명의 4K 멤버들과 가족들, 친구들이 초대된 오리엔테이션이 근처 메릴랜드대학교에서 열렸다.

그곳에는 지난해 횡단을 한 졸업생들은 물론이고 몇 년 전에 참가했던 졸업생들도 와 있었다. 오래전에 참여한 후에도 매년 오리엔테이션 및 환영 행사에 오는 것을 보니, 한 번 4K였던 멤버들은 횡단을 마친 것으로 끝나는 것이 아니라 계속해서 이 단체를 후원하고 있음을 알 수 있었다.

200여 명쯤 되는 사람들이 한자리에 모여 저녁 식사를 마치고 4K 회장님과 졸업생이 나와 연설하는 시간을 가졌다. 회장님은 '4K가 오늘날 미국 전역에 변화를 일으키고 있으니 이번 여름 역시 알차고 보람 있는 완주를 하길 바란다'라고 간단히 말씀을 마쳤다. 그리고 이어지는 졸업생들의 말. 하나같이 그 순간순간을 즐기라는 메시지였다.

"이번 여름, 여러분에게 주어진 시간은 인생에서 다시 없을 기회입니다. 아무리 힘이 들어도 포기하지 말고 끝까지 페달을 밟으세요. 또, 함께 지낸 4K 멤버들은 평생 가는 친구들로 남을 테니 꼭 좋은 관계를 유지하시고요!"

마지막 순서로 작년에 횡단을 했던 남학생 한 명이 강단 위에 올랐다. 그는 다른 졸업생들처럼 우리에게 이런저런 조언들을 해주는 것으로 연설을 시작하였다. 그리고 연설 말미에 그는 차분하게 다음과 같은 이야기를 꺼냈다.

"오늘 만약, 당신에게 암 판정이 내려진다면… 당신은 어떻게 하시겠습니까? '당신은 암입니다.' 이 말은 바로 제가 대학교 4학년 때 의사로부터 들은 말입니다. 저는 처음 그 말을 들었을 때 의사가 농담을 하고

● 출발 하루 전. 졸업생들에게 여러 가지 규칙을 전수받고 트레이닝을 하고 있다

있는 줄 알았습니다. 전 그때까지만 해도 나이가 많은 사람들만 암에 걸린다고 생각했기 때문이죠."

우리는 모두 숨을 죽이고 그의 이야기에 귀를 기울였다.

"하지만 그것은 정말 제 이야기였고, 그렇게 저에게 임파선암이 찾아왔습니다. 불행 중 다행인 것은 아직은 초기 단계였기 때문에 충분히 치료가 가능하다는 말이었습니다. 힘든 싸움 끝에 암을 물리치게 되었는데 우리 팀원들에게는 그 사실을 말하지 않고 시작했습니다."

그는 팀원들이 자신을 걱정할까봐 이 사실을 숨겼다고 했다. 그리고 횡단이 자신에게 주는 의미가 너무 컸기에 당시에 잘 알지 못하는 이들에게 사실을 알리기 힘들었다고 했다. 그렇게 하루 이틀이 지나 팀원들과 친해진 후에야 비로소 사실을 털어놓을 수 있었다.

"경험자로서 말씀드리는데 앞으로 여러분을 기다리는 70일이라는 시간에는, 어쩌면 항암 치료를 받는 환자들보다 더 힘든 날이 올 수도 있습니다. 하지만 절대 포기부터 떠올리지 마시고 왜 자신이 이 고통을 이겨내야 하는지, 누구를 위해 자전거 페달을 밟고 있는지 기억하기를 바랍니다."

그는 이렇게 연설을 마무리 지었다.

그의 연설은 나에게 큰 도전이 되었고, 용기를 주었다.

암을 이겨낸 지 1년이 채 되지 않은 사람도 해냈는데, 건강한 나는 무슨 일이 있더라도 꼭 해내야겠다는 생각이 들었고 나의 목표는 점점 확실해졌다. 70일 동안 아무리 힘든 날이 와도, 어떤 일이 있더라도 절대 포기하지 않겠다고. 힘들다고 그날 하루를 포기한다면 그것은 지금껏 나를 지지해준 사람들은 물론이고 암환자들이 붙잡고 있는 하루하루의 희망을 포기해버리는 것과 마찬가지라는 생각이 들었기 때문이다.

암환자들은 그날의 항암 치료가 힘들다고 해서 치료를 포기하지 않는다. 그들이 치료를 포기해버린다는 것은 계속해서 살아갈 의지가 없어졌다는 것, 즉 죽음을 의미하는 것이었다. 매일 달려야 할 거리가 정해진 앞으로의 70일을 나는 그런 마음으로 달려야 한다고 생각했다.

때문에 하루하루의 완주를 절대 쉽게 생각할 수가 없었다.

저녁 일정이 끝나고, 팀원들끼리 서로 알아가기 위해 볼티모어의 유명한 이너하버(Inner Harbor)로 나가 시내를 걸으며 이런저런 얘기를 했다. 그리고 4K 사무실에 돌아와 바닥에 매트를 깔고 첫날 밤을 보냈다. 부모님과 같이 온 사람들은 근처 호텔에서 잤지만, 그렇지 않은 사람들은 사무실 바닥에서 잠을 자기로 하고 30명 정도가 그리 크지 않은 사무실 이곳저곳에 흩어졌는데, 군대에서보다 더 잠들기가 어려웠다. 이곳저곳에서 코 고는 소리, 사람들의 대화 소리가 잠을 방해했다.

다음 날 아침 일찍부터 출발 전 오리엔테이션이 예정되어 있었기에 대화하던 사람들도 이내 잠자리에 들었고 나의 눈도 긴장 반 기대 반으로 스르르 감겨왔다.

드디어 출발 하루 전이다!

다음 날 아침이 밝았다.

북적대는 사람들 사이에서 졸린 눈을 비비며 7시쯤 일어났다. 메릴랜드대학교의 대운동장에서 출발 전 오리엔테이션을 하는 날이었다. 졸업생들이 중심이 되어 워크숍처럼 여러 군데에 퍼져 횡단에 필요한 이런저런 것을 안내받는 것이 목적이었다. 첫 순서로, 서로에 대해 알아가는 시간을 가졌다. 자기소개를 마친 후에는 간단한 게임을 하면서 긴장을 풀었다. 그리고 본격적인 워크숍이 시작되었다.

70일 동안 무료로 숙식을 제공받으면서, 우리가 모은 돈은 모두 암환자를 돕는 곳에 쓰는 방식으로 단체가 유지되어야 했다. 해서, 우리 중 2명의 총괄자 역할을 맡은 리더가 있었고, 6명의 레그 리더(leg leader)가 있었는데 이들은 우리가 매일 주행할 경로와 밤마다 묵을 숙소를 찾는 임무를 가지고 있었다.

우리는 5~6명씩 팀별로 나뉘어 워크숍을 시작했다. 우리 팀의 첫 순서는 우리가 묵을 숙소에서 지켜야 할 규율 및 에티켓을 배우는 것이었다. 매년 4K팀이 자전거로 지나가는 길이 비슷하기 때문에 우리가 묵는 숙소(보통 교회나 YMCA 같은 기관)에 좋은 인상을 남겨야 내년에 오는 팀이 그곳에 머물 확률이 높아진다.

우리가 지켜야 하는 가장 엄격한 규율은 어떤 종류의 담배도 피워서는 안 된다는 것이었다. 담배는 대표적인 암 유발 물질로써 우리의 비전과 상반되는 것이기 때문에 절대로 금해야 했다. 음주 역시 당연히 금지였다. 4K 관련된 옷을 입고 있을 때에는 금연, 금주는 필수였다.

그렇게 숙소에서 지켜야 할 것들을 배우고 나서 자전거 타이어와 튜브 교체 방법을 배웠다. 사실 이런 것들은 배우고 나니 꽤 쉽고 간단한 것이었다. 한국에서는 타이어가 펑크 나거나 자전거에 조금만 문제가 생겨도 가게에 가져가 돈을 내고 고쳤는데… 여태까지 필요 없는 비용을 지불했다는 생각이 들었다. 몇 번만 더 연습해보면 능숙하게 할 수 있을 것 같았다.

이제 우리는 팀별로 자전거를 탈 때 어떤 식으로 서로 의사소통을 해야 하는지 배웠다. 차, 사람, 주위 환경 등을 보면서 위험 요소를 수신호로 전달하는 연습을 하기 위해 직접 도로로 나섰다.

약 15km의 코스였다. 큰 목소리로 신호를 줄 때도 있었고, 수신호를 사용하기도 했다. 멈출 때는 '멈춘다!'는 소리를 크게 하고 멈추고, 뒤에 오는 사람에게는 좌회전, 우회전 등으로 계속해서 신호를 주었다.

특히, 자전거를 일(一)자로 탈 때 앞에 있는 사람이 보는 것을 뒤에서는 보지 못하기 때문에 도로에 돌이 있거나 홈이 패여 있는 것들은 주의해서 보고 뒷사람에게 알려줘야 했다. 또 차가 뒤쪽에서 오고 있을 땐, 뒷사람부터 한 명씩 앞으로 전달하는 방식으로 알려줘야 했다. 자전거 타는 데에만 신경을 쓴다면 좋겠지만, 여럿이 함께 타는 것이니 페달을 돌리는 다리만큼 입과 손도 부지런해야 했다.

의사소통 실습을 마친 후, 오전 오리엔테이션이 끝났다. 우리는 근처 피자 레스토랑에서 무료로 제공받은 피자와 간단한 간식을 먹고 계속해서 다음 날 시작될 긴 여정에 대한 대비를 이어갔다.

오후 첫 번째 순서는 '15인승 자동차 운전 및 주차' 연습이었다. 우리 팀은 모두 29명으로, 모두가 나와 같이 자전거를 타고 자신들이 세운 목표를 위해 횡단을 한다. 하지만 우리가 가지고 있는 짐을 옮길 차량 한 대와 음식과 물을 제공하는 차량이 또 한 대 필요했기 때문에 29명이

● 유니폼을 받은 기념으로 트레이닝에 나간 날. 사이클링용 신발과 페달, 바지까지 모두 갖춰 입고 있다

순서대로 돌아가며 운전을 해야 했다. 한 대의 차에 2명씩 짝을 이루어, 즉 하루에 4명은 차를 몰면서 그날 주어진 임무를 맡았다.

우리는 이 차량을 각각 '호스트 차', 그리고 '물 차'라고 불렀다. 호스트 차의 임무는 말 그대로 그날의 호스트(숙소)에 우리의 짐을 모두 가져다 놓은 후, 이곳저곳을 돌아다니며 음식을 구하는 임무를 띠고 있었다. 음식을 구한 후에 그것을 주행 중인 팀원들에게 전달해야 했다.

물 차는 약 30km마다 자전거를 타고 오는 25명에게 물을 제공해주고 호스트 차로부터 받은 음식과 간식을 함께 공급해주는 것이 임무였다. 15인승 차량의 운전 연습을 무사히 마치고 우리는 자전거를 차 위에 있는 받침대에 싣는 방법을 배웠다.

다음으로는 음식 기부를 받는 연습이었다. 호스트 차를 운전하는 날이면 여러 레스토랑에 들어가서 우리 단체에 대해 설명하고 29인분의 방대한 식사를 돈 한 푼 지불하지 않고 얻어내야 했다. 미국이 아무리 돈이 많은 나라라고 하더라도 누가 쉽게 그렇게 많은 양의 음식을 줄까 싶었지만 졸업생들의 지도를 받으면서 어떤 식으로 레스토랑에 접근하는지 익혔다.

졸업생들은 '단체에 대한 설명보다는 자신의 개인적인 이야기를 레스토랑 주인 혹은 매니저에게 이야기하는 것이 더 효과가 있다'고 했다. 실전에서 몇 번 부딪쳐 보면 금방 터득할 것이라는 조언으로 이 순서를 지나갔다.

마지막으로 우리를 기다리고 있던 것은 졸업생들에게 아무 질문이나 할 수 있는 순서였다. 우리는 내일부터 70일 동안 경험하게 될 것들을 하루라도 빨리 알고 싶은 마음에 이런저런 질문을 던졌다.

"제일 힘든 적은 언제였는가?" "팀 내에 문제는 없었는가?" "잠자리는 편했는지?" "지금이라도 필요한 물건들을 추천한다면 무엇이 있는지?" "음식은 먹을 만했는지?"와 같은 질문들이었다.

질문들이 하나둘 정리가 되자 4K에서 우리들에게 유니폼과 팔 토시를 나눠주기 시작했다. 유니폼은 흰색 배경에 노란색이 부분부분 들어간 것으로 2벌씩 받았고, 파란색 유니폼은 연습용으로 이미 우리가 가지고 있었기 때문에 사이클링 유니폼은 총 3벌이 되었다.

그렇게 출발 전 오리엔테이션이 모두 끝났다. 사무실에서 잠을 자야 하는 사람들끼리 모여 자전거를 타고 10km 떨어진 사무실로 향했다. 어제 제대로 씻지 못한 우리들은 사무실 직원이 데리고 간 근처 체육관에서 샤워를 하고 근처 아웃도어 매장에 가서 마지막으로 필요한 물건들을 샀다.

나는 졸업생들이 추천해준 대로 물병을 한 개 더 샀다. 자전거에 장착할 수 있는 물병이 두 개는 필요할 거라고 했기 때문에.

그렇게 쇼핑까지 끝내고 돌아와 보니 이미 시각은 밤 10시. 정신없는 하루가 끝이 나고, 마지막으로 블로그에 글을 좀 쓰려고 하는데, 피곤이

● 지금은 내 방 침대에 걸려있는 〈4K For Cancer〉 유니폼

겹겹이 몰려왔다.

'내일이 드디어 몇 달을 기다려 온 바로 그날이구나!'

이런 생각을 하니 최대한 일찍 잠자리에 들어야겠다는 부담이 크게
있는 상태였다. 짐 정리와 블로그 포스팅까지 마치고 누웠다. 다음 날에
대한 부푼 기대와 다짐 같은 것을 다시 떠올릴 겨를도 없이 머리를 바닥
에 대자마자 잠이 들고 말았다.

2장

7000km에
도전장을 내밀다

대서양에 자전거 뒷바퀴를 담그다

대망의 5월 27일이 밝았다.

새벽 6시에 일어나 짐을 싸고 바로 차에 실어야 했기 때문에 정신이 없었다. 얼마나 정신이 없었는지, 그토록 기대하고 수없이 상상해온 아침임에도 불구하고 별다른 감흥이 느껴지지 않았다. 어제 먹다 남은 베이글을 아무렇게나 집어 물고 서둘러 사무실 앞으로 향했다.

밖은 이미 도착한 사람들로 북적이고 있었다. 7시쯤 내가 속한 '샌프란시스코 팀'이 모두 모였다. 다 함께 손을 잡고 큰 원을 만든 뒤 '오늘 하루는 누구를 생각하며, 누구를 위해 페달을 밟을 것인지' 이야기하는

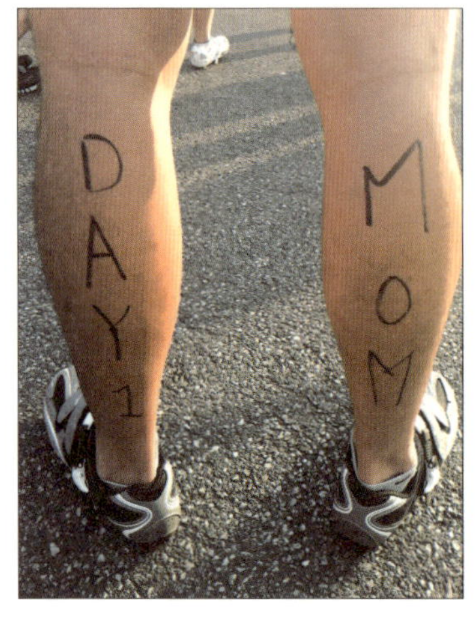

시간을 가졌다. 이런 시간이 있어서가 아니라 나는 이미 그러기로 마음을 먹고 있던 참이었다. 하루에 한 사람씩 정해두고 그 하루는 오직 그 사람만을 위해 자전거를 타리라고.

첫날이니만큼 횡단을 결심하게 된 가장 큰 이유, 바로 '어머니'를 생각하며 오늘 하루 온 힘을 다해 페달을 밟으리라고 모두에게 이야기했다. 팀원들 대부분 주변에 암으로 돌아가신 분, 혹은 지금 암 투병 중인 사람을 위해 하루를 바친다고 외쳤다. 그렇게 다시 한 번, 우리가 왜 이곳에 모였는지를 되새긴 후에 자전거에 올라탔다. 나는 유성펜으로 왼쪽 다리에 오늘의 날 수, 그리고 오른쪽 다리에는 'MOM'이라고 썼다. 매일 매일 내 하루의 '주인공'이 될 사람을 마음에 한 번, 또 눈에 잘 보일 수 있도록 다리에 한 번 새기는 것이었다. 주행 중 힘이 들어 마음의 눈이 가려질 때, 다리에 새겨진 이름을 보면 다시 힘을 낼 수 있을 것이라는 믿음으로.

우리는 출발 전 행사가 있는 볼티모어의 이너하버로 갔다. 그곳은 볼티모어에 있는 항구로 대서양이 흐르는 곳이었다. 이너하버는 사무실에서 자전거로 10분 거리에 있었다. 항구로 출발하려니 그때서야 서서히 실감이 나고 마음이 쿵덕거리기 시작했다. 이제 정말 70일간의 싸움이 시작된다고 생각하니 기분이 뒤숭숭하고 가슴이 요동치기 시작한 것이다.

항구에는 이미 수백 명의 사람들이 모여 있었다. 대부분 팀원들의 가족과 친구들이었는데, 우리가 도착을 하자 모두 박수를 치고 소리를 지르며 환영해주었다.

4K 회장님은 그곳에 모인 사람들에게 이번 횡단에 참가한 세 팀, 84명이 모금받은 5억 원의 성금이 쓰일 곳, 그리고 세 팀이 앞으로 70일 동안 어떤 일을 할지에 대해 간략하게 설명했다. 그리고 이 행사의 하이라이트! 자전거 뒷바퀴를 대서양 바닷물에 담그는 세리머니를 가졌다. 자전거의 뒷바퀴를 대서양에 담그는 순간, 내 안에서 알 수 없는 여러 가지 감정과 생각들이 뒤섞여 뜨거운 무언가로 피어올랐다. 가슴이 두근거렸다. 그리고 가장 뚜렷하고 강하게 내 뇌리에 스치는 장면, 바로 그저께 저녁 식사에서 연설단에 올랐던 남학생의 질문이었다.

"오늘 당신에게 암 진단이 내려졌다면 당신은 어떻게 하겠습니까?"

나는 그에 대한 해답을 찾지 못하고 있었다. 하지만 굳게 마음먹었다. 이 질문에 대한 나만의 답을 찾으리라. 이 여정에서의 또 다른 목표가 선명하게 마음에 새겨졌다.

'곧고 뜨거운 목표를 항해 내 젊음의 에너지를 모두 쏟아 달리자!'

● 대서양에 자전거 뒷바퀴를 담근 모습. 이제 태평양을 향해 출발이다!

대서양 바닷물을 박차며 힘차게 페달을 밟았다.

자, 이제 시작이다!

첫날의 금메달, 그리고 앞으로의 69일

샌프란시스코 팀은 총 29명. 첫날이니 한 명의 졸업생을 포함하여 4~5
명이 작은 그룹으로 구성되었다. 우리 그룹은 남자 졸업생 한 명과 샌디,
앨리스, 크리스마리 그리고 나 이렇게 5명이었다. 졸업생 4명이 자원하
여 차 2대를 운전할 계획이었기 때문에 스물아홉 명 모두가 다 함께 자

전거를 타고 출발할 수 있게 되었다.

우리는 주어진 진행표에 따라 차근차근 나아갔다. 오늘의 목표는 버지니아주에 있는 알렉산드리아라는 도시였다. 졸업생의 리드에 따라 계속해서 페달을 밟아 나아갔다.

우리 그룹의 앨리스는 메릴랜드대학교에 재학 중인 여학생이었는데, 살면서 자전거를 한 번도 타본 적이 없는 친구였다. 그녀는 이 횡단을 위해 4월에 처음 자전거에 올랐다고 했다. 9년 동안 근처 요양원에서 봉사활동을 하며 만난 암환자들로부터 감명을 받아 4K에 지원했단다.

멈추지 않고 페달을 밟아 나가면서 우리는 서로에 대한 이야기를 자연스럽게 나누며 각자 어떻게 이 일에 참여하게 되었는지를 이야기했다. 그녀는 자신이 만난 암환자들은 절대 약한 사람들이 아니었으며, 오히려 가장 강한 사람들이었다고 말했다. 앨리스는 '인생에는 불가능한 것이 없다'는 것을 증명하는 것이 이번 횡단의 목표라고 말했다.

"나처럼 막 자전거를 타기 시작한 사람이 암환자를 위해 거대한 미국 대륙을 횡단하겠다고 나섰잖아. 이 용기를 통해 암환자들에게도 불가능은 없다는 생각을 전하고 싶어."

그렇게 서로의 이야기를 해가면서 페달을 밟으니 시간이 금방 지나갔다.

30km를 넘기자 몇 개의 언덕이 나왔다. 쉬지 않고 달려 갈증에 차

● 〈4K For Cancer〉 사무실 앞에서 찍은 샌프란시스코 팀의 첫 단체 사진

있는 우리에게 때마침 빨갛게 잘 익은 수박이 눈에 들어왔다. 언덕 위에 과일을 파는 곳이 있었던 것! 먹음직스런 수박의 자태에 눈을 떼지 못하자 한 졸업생이 수박 반 통을 사 건넸다.

"앞으로 70일 동안 힘내서 달리자."

우리는 달고 차가운 수박을 정말이지 단숨에 먹어치웠다.

다 먹고 떠나려는데, 아저씨 한 분이 우리 쪽으로 다가왔다. 지나가는 사람에게 인사를 하는 것이 일상인 미국이니 우리 역시 아저씨에게 인사를 건네고 자전거에 오르려는데, 그는 우리를 멈춰 세우고 무슨 일을 하는지 물어왔다.

"저희는 자전거를 타고 미국을 횡단하고 있어요. 암의 위험성을 미국에 알리고 암환자들을 돕기 위해 성금을 모금하는 중이에요. 오늘 막 볼티모어에서 출발했습니다."

우리가 하는 일을 간단히 말하자 아저씨는 곧바로 지갑을 열어 '자신이 첫 번째 기부자가 되는 것이냐'며 20달러를 내놓았다. 아저씨의 아내 역시 암 때문에 투병 생활을 했었는데 이제는 완치되어 건강히 살고 있다고.

"젊은이들 고맙네. 힘내서 꼭 완주하게!"

아저씨의 응원이 가슴에 닿아 울렸다. 120% 진심이 담긴 한 마디였다.

시작부터 이런 좋은 인연이! 우리는 그렇게 시원한 수박과 감사한 마음으로 재충전된 몸을 이끌고 다시 달렸다.

오후 1시쯤 3번째 휴식지점에서 점심을 먹었다. 점심 메뉴는 어제에 이어 다시 피자였는데, 태어나서 그렇게 피자를 빨리 먹어보기는 처음이었다. 워낙에 피자를 좋아하지만 10분 만에 큰 피자 조각 5개를 게 눈 감추듯 해치웠으니 말이다. 주행 중에는 하루에 약 5000kcal를 소비한다고 들었는데 그 말이 실감났다. 자전거에 타고 있을 때는 몰랐던 공복감이 확 몰려와 정말 계속해서 입안으로 음식이 들어갔다.

점심을 맛있게 먹고 다시 출발하여 한참을 달리는데 꽤 경사가 급한 내리막길이 나타났다. 왼쪽으로 심하게 구부러지는 길이어서 커브 뒤쪽은 경사가 얼마나 급한지 알 수 없었다. 맨 처음 졸업생이 내려가고 그

뒤를 앨리스가 쫓아 내려갔다.

나는 모두를 보내고 맨 마지막으로 급경사 진 커브를 돌아 언덕 밑을 향해 내려가는데 이게 웬일! 언덕 맨 아래에 앨리스와 졸업생 둘 다 부상당한 채로 앉아 있는 것이었다. 내려가 샌디와 크리스마리에게 어떻게 된 일인지 물어보니, 급경사에 익숙하지 않았던 앨리스가 브레이크를 제대로 못 잡고 소리를 지르자 밑에서 기다리고 있던 졸업생이 몸으로라도 그녀의 자전거를 멈추려 하다가 충돌하고 만 것이었다.

앨리스는 팔과 다리에 조금 외상만 입었을 뿐 다행히 크게 다치지는 않은 상태였다. 하지만 그녀는 많이 놀라 있었다. 그녀를 진정시키는 데만 30분이 걸렸으니… 그다음 약 15km를 그녀는 계속 울먹이면서 페달을 밟았다. 졸업생의 발목에서는 계속 피가 났고 결국 목적지를 약 30km 정도 남겨놓고 그는 호스트 차로 목적지까지 이송되었다. 그날 최종 목적지까지의 거리는 약 100km였다. 그 상태로 자신이 계속 탄다는 것은 더 이상 무리이고 날이 어두워지기 시작하는데 자신 때문에 속도가 느려지면 우리 모두 완주를 못 할 수도 있겠다며 그가 스스로 내린 결정이었다.

이제 남은 사람은 팀원 셋과 나였다. 나머지 팀원들이 모두 여자였기 때문에 내가 자연스레 리더를 맡아 앞장서게 되었다. 팀원들이 흔들리지 않게 나는 계속해서 '우리끼리라도 끝까지 꼭 완주하자!'며 용기를 북돋았다. 사실 나 역시 한 번도 가보지 않은 길이었기 때문에 목적지까지 가는 길에 어떤 것들이 기다리고 있는지 전혀 알 수 없었다. 우리가 지나야 하는 워싱턴 D.C. 주위는 위험한 동네가 있다고 들어서 조금 긴장이 되었지만 이 상황에서 나마저 당황한 모습을 보이면 나머지 팀원들이 더 겁을 먹을까봐 계속 자신감 있는 모습을 보여야 했다. 그렇게 어둑어둑해지는 저녁, 우리는 저녁 식사도 하지 못 한 채 계속해서 페달을 밟아 버지니아주로 향했다.

오후 7시 30분쯤 워싱턴 D.C.를 막 지나고 있는데 내 휴대폰이 울렸다. 받아보니 팀의 리더인 패트릭(Patrick)이었다. 다른 그룹은 5시 정도에 모두 도착했는데 우리 팀만 오지 않아 걱정이 되어 전화한 것이었다. 그리고 차를 보내줄 테니 타고 오는 것이 어떻겠냐고 물었다. 나는 팀원들에게 물어보지도 않고 단칼에 거절했다. 오늘만큼은 꼭 완주할 것이라고 결연하게 말했다. 패트릭도 나의 완강한 대답에 힘을 내라고 응원의 말을 덧붙이고 숙소에서 보자며 전화를 끊었다. 패트릭과의 전화 내용을 알리지 않고 갈 길이 얼마 남지 않았다며 나는 팀원들을 응원했다.

사실 나도 무척 힘든 상태였다. 그런데 주변 사람들을 응원하고 그들의 사기를 걱정하는 입장이 되니 신기하게도 나의 고됨은 차츰 의식하지 않게 되고 오히려 몸이 가볍게 느껴졌다. 차가 와서 목적지까지 타고 갈 수 있다는 것을 알려주면 혹시나 쉽게 포기할까봐 말을 하지 않았으니 나는 더욱 책임감을 느끼게 되었다.

버지니아주로 들어서는 알링턴기념교 위를 지나는데, 마침 석양이 지고 있었다. 있는 힘껏 달리다 눈에 들어온 풍경에 갑자기 이 모든 것에 감사해졌다.

'이렇게 좋은 취지를 가지고 내 건강한 두 다리로 자전거를 탈 수 있다니. 나는 정말로 행복한 사나이구나!'

일정표 상으로 목적지까지 약 12km가 남았을 때쯤, 다시 한 번 휴대폰이 울렸다. 이번에도 패트릭이었다. 이제는 너무 늦었기 때문에, 차를 가지고 데리러 나왔다고 그가 말했다. 하지만 그때 우리는 이미 자전거 길에 들어서 있어 차가 올 수 없었다. 우리의 위치를 말하자, 그는 날이 어두우니 정말 조심해서 와야 한다고 신신당부를 하며 전화를 끊었다. 이번엔 전화 내용을 팀원들에게 말했다. 다행히 팀원들은 여기까지 왔으니 조금만 더 힘을 내어 끝까지 가자고 한목소리로 말해왔다. 옆에 있는 사람들이 나의 뜻에 맞추어 같이 호응하고 지지를 해주니 정말 힘이 나고 고마웠다.

그렇게 모두가 속도를 내어 일정표 87번 중 84번까지 왔을 때였다. 내가 맨 앞에서 가고 있었고 크리스마리가 내 뒤, 그리고 샌디와 앨리스가 저 뒤에 조금 처져서 오고 있는데 어느새 뒤를 돌아보니 샌디와 앨리스가 보이지 않았다. 놀란 마음에 크리스마리에게 잠시 기다리라고 하고 나는 자전거를 돌려 뒤로 돌아갔다. 그런데 이게 웬일! 샌디가 자전거 길 옆에 나 있는 잔디 위에 벌렁 누워 있는 게 아닌가! 무슨 일인지 물어보니 샌디가 어지러움을 느끼다가 정신을 잃고 쓰러졌다고 했다. 다행히 크게 다친 곳은 없었다. 그녀는 힘겹게 일어나더니 이내 정신을 차리고 어서 가자고 나를 부추겼다. 나는 걱정이 되었지만 일단은 빨리 숙소에 도착해야겠다는 생각이 앞서 얼마 남지 않은 거리를 천천히 달렸다.

드디어 숙소인 교회에 도착하니, '샌프란시스코 팀' 멤버들 전체가 교회 앞에 모두 나와 앉아 우리를 기다리고 있었다. 밤 9시인데도 불구하고 모두들 큰 박수와 환호성을 보내며 우리를 환영했다. 마치 우리가 올림픽 마라톤에서 1등으로 결승선에 들어온 것처럼! 우리의 자전거를 자신들이 갖다 놓겠다며 서로 나섰고, 이곳저곳에서 물을 쥐어주었다. 그리고 계속해서 기쁨과 축하의 하이파이브, 포옹이 이어졌다. 온몸에 전율이 일었다. 세상에서 가장 큰 미션을 성공적으로 해낸 영웅이 된 듯한 환희가 밀려왔다. 내 몸 구석구석이 뜨거워짐을 느꼈다. 그곳에 나와 기다려준 팀원들에게 너무나도 감사했다.

교회 안에 들어간 나는 한 번 더 놀랐다. 오늘 우리가 지낼 교회에서 저녁을 준비해주었는데 팀원들 중 한 사람도 음식에 손을 대지 않고 우리가 오기만을 기다리고 있었던 것이다! 우리 그룹을 빼고 나머지 팀원들은 교회에 도착한 지 거의 5시간이 되었기 때문에, 당연히 저녁을 다 먹었겠지 생각했는데 정말 예상 밖의 상황이었다. 오늘부터 70일 동안 같이 갈 가족이라면서, 아직 도착하지 않은 팀원들은 아직도 힘겹게 페달을 돌리고 있는데 차마 자기들끼리 저녁을 먹을 수가 없었다고 했다. 첫 완주의 성공을 함께 나누며 저녁 식사를 하겠다는 팀원들의 마음이 고스란히 전해졌다.

저녁 테이블에 자리를 잡고 앉으니 모두들 수고했다며 또 한번 박수 세례가 이어진다. 가장 늦게 온 우리에게 먼저 음식을 먹으라며 서로 챙겨주고 있었다. 첫날부터 감동의 연속. 그렇게 팀원들에게, 또 음식과 잠자리를 제공해준 교회에 감사하며 첫날을 마무리했다.

그날 밤, 우리 넷의 도착을 기다리던 팀원 중에 한 명이 나에게 다가와 정말 고맙다는 말을 전했다.

"패트릭에게 얘기들었어. 차로 데리러 가겠다는데도 끝까지 포기하지 않고 완주하겠다고 했다는 걸⋯ 첫날부터 강한 의지를 팀원들에게 보여줘서 정말 고마워."

그렇게 감사를 건네오는 그에게 내가 더 고마웠다. 나의 마음과 의지가 고스란히 전해졌음을 알려주었으니까.

사실 첫날부터 우리 팀이 포기를 해버린다면 그다음부터, 남은 69일

● 볼티모어를 떠나 버지니아로 향하는 중. 뒤에 보이는 것은 볼티모어 공항이다

간 힘든 일이 생길 때면 분명 쉽게 포기하는 사람들이 나올 것이라는 생각을 했었다. 무엇이든지 처음만 힘들다는 것을 알고 있기에 우리 팀이 포기의 첫 번째 사례가 되기는 싫었다.

힘든 상황 속에 있고, 도움을 요청할 수 있지만 그것들에 타협하지 않고 끝까지 가면 더욱 강해질 수 있다는 것. 이 사실이 우리 모두에게 전해지기를 간절히 바랐다.

주행 첫날, 내 마음속에는 어떤 단단한 믿음이 심어졌다. 이토록 멋진 팀원들과 함께라면 앞으로의 69일 동안 어떤 일이 닥쳐도 헤쳐 나갈 수 있으리라는 확신이 생겼기 때문이다. 나와 함께 13시간에 걸쳐 100km

가 조금 넘는 거리를 끝까지 완주해준 팀원들. 그리고 노심초사 우리가 끝까지 완주하기만을 진심으로 기도하며 우리를 기다려준 나머지 팀원들. 혼자였다면 하지 못했을 것을, 서로에게 기대고 용기를 내니 끝낼 수 있었다.

교회에 샤워 시설이 없어 13시간 동안 자전거를 타며 흘린 땀을 씻어내지 못하고 잠자리에 들었다. 그런데 웬걸. 하나도 찝찝하거나 불편하지 않았다. 내가 오늘 흘린 이 땀이 결코 헛된 것이 아님을 누구보다 잘 알기에, 이토록 값진 땀방울의 의미를 뼛속 깊이 알 수 있는 밤이었기에. 팀원들 그 누구도 아무 불평 없이 모두 단잠에 빠져들었다.

스물아홉 개의 이야기가 달린다

다음 날 목적지는 버지니아주의 워렌턴(Warrenton)이라는 도시. 100km 정도 되는 거리였다.

5시에 일어나 아침을 간단히 먹은 후, 우리는 어제 했던 것처럼 모두 손을 잡고 큰 원을 만들었다. 그리고 한 명씩 오늘은 누구를 위해, 누구를 생각하며 자전거를 탈 것인지 얘기했다.

이날은 아버지께 바치는 날이었다. 비록 암은 아니었지만 아버지는 심근경색으로 고생을 하셨다. 내가 미국에 있을 때 상황이 악화되어 상태가 매우 심각해졌을 때에도 꿋꿋이 그 시간을 이겨내신 아버지를 생각하며 달리기로 한 것이다.

그렇게 길지 않은 거리였고 길도 어렵지 않아 모든 팀이 제 시간 안에 무사히 목적지까지 무난하게 도착할 수 있었다. 그날 지낼 교회 근처의 체육관에서 가서 샤워를 하고 멕시칸 음식점에서 제공하는 저녁을 맛있게 먹은 뒤, 숙소로 돌아왔다. 간단히 손빨래를 하고 잠자리에 들 준비를 하고 있는데, 리더들이 우리를 다 불러모았다. '파우와우(POW WOW)'라는 저녁 모임을 한다는 것이었다.

파우와우는 팀원들이 모두 둥그렇게 둘러앉아 하나의 주제를 가지고 이야기를 나누는 시간이었다. 오늘의 주제는 '왜 4K에 참여하여 횡단을 하고 있는지'였다. 대부분 가족 중 누군가 암에 걸려 돌아가시거나 암과의 싸움을 이겨낸 사람을 생각하며 참가했다고 이야기했다.

그러나 꼭 그런 사연만 있는 것은 아니었다.

29명의 팀원들. 그들은 각각 그들만의 이야기를 가지고 있었다. 우리 팀원들 중에는 의과대학원을 가려고 준비 중인 친구들이 많았는데, 그 친구들은 훗날 암과 관련된 연구를 하고 싶다는 꿈을 가지고 있었다. 그래서 이러한 여행을 직접 해보면서 자신들이 훗날 하게 될 일의 중요성을 깨닫는 계기로 삼으려는 것이었다.

또, 몇몇 친구들은 자신 주변의 가족이나 가까운 친척들 중 다행히 암으로 고생한 사람이 없다는 사실에 감사하고 암환자들의 고통을 조금이나마 경험함으로써 그 마음을 보이고 싶어 지원한 친구들도 있었다. 건강이 허락하지 않아 이런 일을 하고 싶어도 못 하는 주위 사람들을 위해 이 행사에 참여했다고 하는 친구도 있었다.

한 친구는 말했다.

"내 나이 스물셋. 이렇게 젊고 좋은 나이에, 건강한 신체와 마음을 가지고 있다는 것에 감사하고 있어. 이렇게 튼튼한 몸과 마음을 가지고 이런 뜻깊은 일에 참여하지 않는다면 큰 잘못을 하는 것 같은 느낌이 들었거든. 1학년 때부터 꼭 참여하고 싶었는데 졸업을 하고서야 하게 되었네. 지금도 정말 설레고 떨려."

남미에서 태어나 미국에 온 지 10년이 된 한 친구는, 미국에서 살기 시작하고부터 10년간 동부에서 벗어나 본 적이 한 번도 없었다며 이번 기회에 사회에 도움을 주는 한편 자신이 살고 있는 멋진 나라의 다른 쪽을 보기 위해 지원했다고 했다.

이렇게 차례차례 스물여덟 명의 이야기가 돌아가고 마지막으로 우리 팀 리더 중 한 명인 재미교포 리아(Leah)의 이야기가 시작됐다.

"우리 부모님은 미국에 이민을 오셔서 자리 잡으신 분들이야. 우리 어머니는 루푸스라는 질병을 가지고 계셨는데, 이 병을 가지고 있는 사람은 특히 임신을 하게 되면 위험하거든. 그런데 어머니는 나와 내 남동생을 낳으실 때, 두 번이나 큰 위험을 무릅쓰고 출산을 결정하셨어. 그렇게 해서 지금 내가 이 자리에 있는 거겠지."

리아는 어머니 생각이 나는 듯 약간 울먹이는 목소리로 이야기를 이어갔다.

"루푸스는 아직 치료 방법이 없어서 지금도 가끔 고생하는 어머니를 볼 때마다 가슴이 무너져. 우리 어머니가 겪고 있는 병이 암은 아니지만 큰 병을 가지고 살아가는 어머니를 지켜보면서 암으로 고생하는 사람들의 고통을 조금이나마 느낄 수 있었어."

나는 리아를 비롯한 우리 팀원들의 이야기를 하나하나 들으며 이 여행은 많은 사람의 삶에 긍정적인 영향을 주고 있다는 것을 느꼈다.

우리 팀원들 나이는 꽤 다양했다. 만 열여덟 살인 어린 친구부터 스물여덟 살까지 있었다. 한국 나이로 치면 이제 막 대학생이 된 동생부터 서른 살 형까지 있는 것이었다. 그중 대부분의 팀원은 이십 대 초반의 또래 친구들이었다.

다른 사연, 다른 국적을 가지고 있는 우리들 사이에는 하나의 뚜렷한 공통분모가 있었다. 여기 모인 29명 모두가 암이 얼마나 무서운 질병인지 분명하게 알고 있다는 것. 암에 걸린 사람이 겪어야 하는 고통이 얼마나 극심한 것인지 알고 있다는 것. 그리고 그 사람들을 위해, 그 사람들의 고통을 조금이나마 이해하고 나누고 싶어 이런 무모한 여행에 용기 있게 도전장을 내밀었다는 것이었다.

남은 67일 동안 미국의 지역사회에 붐을 일으키는 한편, 이렇게 훌륭한 젊은이들 사이에서 내 자신을 더 키우고 성장시킬 수 있다는 생각에 앞으로의 날들이 기대되었다.

이렇게 다양한 사연을 가진 가지각색의 사람들이 둘러앉은 파우와우 시간은 진실된 이야기 속에 무르익어갔다. 문득, 내가 이 시간 속에 있다는 것. 그리고 이 풍경을 잠시 멈추어 지켜보게 되었다. 몸과 마음과 그리고 생각이 모두 건강한 젊은이들이 이렇게 한데 모여 보람찬 일을 시작하게 되었다는 사실을 느끼니 새삼 말로 형언할 수 없을 정도로 뿌듯하고 충만한 기분이 들었다.

한국에서도 젊음의 혈기가 넘치고 열정이 충만할 나이 대의 청년들이 이렇게 보람차고 모험적인 일에 마음껏 도전할 수 있다면 얼마나 좋을까? 물론, 이곳은 미국이고 이곳 젊은이들이 처한 상황과 한국의 20대가 처한 현실이 얼마나 다른지는 잘 알고 있다. 그렇기 때문에 더욱 이런 생각이 들었을 것이다. 한국의 또래 친구들은 일상의 삶에 치어 살고 있고, 또 그래야만 남들보다 뒤처지지 않을 것이라는 인식이 강하다는 것을 알고 있으니까.

훗날 기회가 생긴다면 이런 행사를 한국에서, 내가 시작해보고 싶다고 생각했다. 아니 꼭 그렇게 해야겠다고 마음먹었다. 그 순간, 그것은 나에게 하나의 '꿈'이 되었다. 언젠간 반드시 이루어 낼.

천국에 다녀오신 아버지를 생각해

이번 여행에서 내가 오르게 될 큰 산맥은 총 3개였다. 애팔래치아산맥, 미국에서 가장 높다는 그 유명한 로키산맥, 그리고 시에라네바다산맥 (Sierra Nevada Range).

4일째. 우리는 애팔래치아산맥이 있는 코스를 달리게 되었다. 이렇게 초반부터 산맥을 탈 줄은 꿈에도 몰랐던 나는 사실 힘에 부치기 시작했다. 게다가 엎친 데 덮친 격으로 아직 하루에 100km를 타는 것도 벅찬데, 오늘은 이때까지의 최장거리인 130km를 타야 하는 날이기도 했다.

우리의 목적지는 힐시티(Hill City)라는 별명을 가진 버지니아주의 린치버그(Lynchberg)라는 곳이었다. 초반에는 버지니아주의 멋진 경치에 연신 감탄하며 힘든 줄 모르고 애팔래치아산맥을 향해 쉬지 않고 달렸다. 그렇게 당도한 산맥을 넘어가기 시작하면서부터 언덕들이 계속 나타나기 시작했다. 이 언덕들은 꽤 가파르고 긴 언덕이었기 때문에 언덕 하나를 넘어 내리막길을 내려가다 고개를 들어보면 어느새 다시 가파른 오르막이 보이고 다시 하나를 힘겹게 올라 내리막을 내려가다 보면 다시 오르막이 눈앞에 놓여져 있었다. 내리막길을 내려갈 때 멀리 보이는 언덕들은 착시현상 때문에 실제보다 두 배로 가파르게 보여 심적으로 더욱 압박이 왔다. 때문에 내리막을 내려오면서 '아이고, 저걸 또 어떻게 오르나' 하면서 걱정을 했는데, 그러다가도 다시 새 언덕을 만나 오르막에 다다를 때쯤이면 또 열심히 페달을 밟고 있는 내가 보였다.

그렇게 하나 둘 셋 넷… 계속해서 오르고 오르고 또 올라도 언덕의 행진은 끝날 줄을 몰랐다. 갈 길이 꽤 남았다는 것을 알았기 때문에 나는 있는 힘껏 페달을 밟지 않고 힘을 비축하며 천천히 앞으로 꾸준히 나아가는 데 집중을 했다.

살면서 '인간의 한계'라는 말을 종종 들었다. 올림픽이나 마라톤, 철인 3종 경기 같은 것을 TV로 보면서나 들어봤던 그 단어를 슬슬 내 몸이 실제로 체험하고 있음을 알 수 있었다. 천천히 꾸준하게 나아가는 와중에도 고비가 찾아왔기 때문이다. 약간의 어지러움과 탈수 증세, 다리는 천근만근이 된 것 같이 무겁게 느껴지고 팔과 다리의 힘줄이 끊어질 것처럼 팽팽하게 당기기 시작했다. 목적지에 가까워질수록 언덕은 우리를 약 올리는 듯 더욱 경사가 심해졌다.

'이 도시가 괜히 힐시티라고 불리는 게 아니었어!'

육체적으로 너무 힘들어진 나는 4일째에 처음으로, 포기하고 쉬고 싶다는 생각을 했다. 더 이상 내 의지만으로 계속 페달을 밟는 건 불가능하다고, 더 이상 힘이 남아 있지 않다는 생각이 나를 지배하기 시작한 것이다.

● 애팔래치아산맥에서 힘겹게 언덕 하나를 오른 뒤, 팔을 벌리고 내리막길을 내려갈 때 정말 시원하고 기분이 좋았다

하지만 바로 그 순간, 나는 스스로에게 물었다,

'지금 내가 왜 이렇게 자전거를 타고 있는 거지?'

어제는 심근경색으로 돌아가신 외할머니, 오늘은 65세 때 위암을 이겨내시고 83세에 폐암으로 8개월 투병 끝에 돌아가신 외할아버지를 위해 달렸다. 먼저 하늘나라에 가신 외할머니와 외할아버지를 생각하고 두 분이 살아 계실 때 우리 가족과 나를 얼마나 사랑해 주셨는지에 대해 생각했다.

늘 할머니 댁에 갔다가 집에 돌아올 때면, 힘든 걸음으로 꼭 집 앞까지 나오셔서 우리 가족이 시야에서 사라질 때까지 지켜보시던 모습은 나에게 하나의 아름다운 그림처럼 기억 한켠에 남아 있었다. 내가 어렸을 적 햄스터 한 마리를 할머니 댁에 가져다 드린 적이 있었다. 햄스터라는 단어가 영 어려우셨는지 햄스터를 '새'라고 부르시면서 너무 귀여워하셨다. 햄스터를 보며 아이처럼 좋아하던 할머니 얼굴이 아직도 생생하다.

두 분 모두 내가 미국에서 공부하기 시작한 2004년에 돌아가셨다. 두 달 간격으로 연달아 돌아가셨는데, 나는 학기 중이라 장례식에 참석하지도 못했다. 두 분의 사랑을 듬뿍 받았는데 정작 나는 가시는 길조차 지켜봐드리지 못했던 것이다.

그 이틀 동안 나는, 신기한 경험을 하게 되었다. 생각은 꼬리에 꼬리를 물고, 할머니 할아버지에 대한 기억과 마음을 되새기면서 바닥이 나고 있는 체력에 대해서는 생각할 겨를도 없이 계속 페달을 밟고 있었기 때문이다. 육체적 고통을 느낄 새도 없이 다음 생각으로 넘어가면서.

할머니 할아버지 다음으로는 자연스레 아버지 생각이 났다. 우리 아버지는 자랑스러운 육군 장교셨다(지금은 전역 후, 경주에서 전복 음식점을 하고 계신다). 젊은 시절, 심신이 건강한 군인이셨던 아버지. 그런 아버지가 2000년 어느 날, 집으로 돌아오시다가 심근경색으로 쓰러지시는 일이 생겼다. 혼수상태에 빠진 아버지는 응급실에서 몇 번의 죽을 고비를 넘기셨다. 천국까지 보고 오셨다는 아버지의 말씀을 듣고 나는 그저 우리 곁에 아버지가 살아 계시다는 사실에 감사했다. 그때의 아버지 생각을 하면, 나는 아무리 힘든 난관을 만나도 포기할 수가 없었다.

그런 기억들을 계속 되새기면서 페달을 밟다보니 어느새 목적지 근처에 다 와 있었다.

해가 이미 다 진 저녁 8시. 내 자전거의 두 바퀴가 멈췄다. 죽을 것만 같던 언덕배기 중간이 아닌 호스트 교회에 말이다.

'쉬고 싶다'는 생각이 들어 심신이 나약해지려는 순간, 스스로에게 '왜 자전거를 타고 있는가'를 되묻고 그 질문에 집중한 결과였다. 마음을 강하게 만든다는 것, 정신력으로 중무장한다는 것이 이렇게 엄청난 것이었나!

'안 된다'고 마음을 먹어버리면 그건 정말 안 되는 일이 된다. 스스로

● 물 차 팀원들이 분필로 써놓은 것. 주행 중인 멤버들이 헤매지 않도록 방향 표시와 함께 응원 메시지도 덧붙인다

가 이미 의지를 잃어버린 상태인데 무엇이 가능하겠는가. 그러나 언제나 '가능하다'고 생각하고 그 의지에 힘을 실어 있는 힘을 다 쏟아 그것을 하다보면 어느새 '불가능'은 '가능'으로 바뀌어 있다. 너무 뻔한 진실이라고 생각할 수도 있겠지만 나는 이 뻔한 진리를 이날에, 그리고 그 이후 65일간 매순간 깨닫고 온몸과 마음에 새길 수 있었다. 때문에 이것은 나에게 절대 뻔한 말이 아니다. 살아가는 데 있어, 하나의 법칙이 되었다.

또, 내가 깨달은 이 사실로 인해 나는 암환자들을 생각하게 되었다. 그들 역시, 항암 치료 및 약물치료를 하며 괴롭고 고통스러운 마음에 '도저히 못하겠다'고 마음먹는 순간, 그들과 암의 싸움은 이미 끝난 것이나 다름없다고 생각한다. 환자 스스로가 '이젠 틀렸어'라는 마음을 먹은 이상, 그 어떤 약도 효과를 내지 못할 것이기에……

인간의 한계. 그것은 아마도 뛰어넘으라고 생긴 말일 것이다. 마음만 먹으면 불가능 따위는 없으니 말이다. 나도 해냈는데 누군들 하지 못하겠는가?

100마일을 달려오니 보이는 것들

횡단 10일째.

아침부터 우리는 모두 들떠 있었다. 아침의 응원 구호가 여느 날보다 우렁찼다(앞서 말했지만 우리는 매일 아침 손을 잡고 오늘 하루는 누구를 위해 페달을 밟을 것인지 얘기를 한 후, 구호를 외치며 하루를 시작한다).

그렇게 해서 시작된 하루. 평소와 같이 계속해서 앞만 보고 달렸다. 아마 등산을 해본 사람들은 알 것이다. 등산을 시작하고 초반에는 같이 오르는 사람들과 이야기도 하고 웃기도 하지만 산 중턱쯤부터는 조금씩 힘들어지기 시작하며 자연스레 대화가 줄어든다. 우리의 주행도 마찬가지였다. 100km 지점이 넘어갈 때쯤이면 슬슬 팀원들과의 대화는 줄고 자연스레 각자의 생각에 잠기게 된다. 사실 이 시간에 하게 되는 '혼자만의 생각'의 스펙트럼은 하루하루가 지날수록 넓고 깊어졌다. 살아오면서 내가 단 한 번도 돌아보지 않았던 때의 일부터 당장 오늘에 대한 생각, 완전히 나 자신에 대한 생각 등으로.

문득, 우리 팀원들 모두가 새삼 대단하다는 생각이 들었다. 8개 국가를 대표하는 29명의 젊은이들. 오로지 자전거 하나로 7000km의 미국 횡단을 해보겠다고 나선 사람들이었다. 이들에게 이 도전은, 어쩌면 젊은 시절 자신에 대한 당연한 통과의례쯤으로 여겨질지도 모를 일이었으나 한국인인 내 눈에는(물론, 미국에서 학교를 다니고 있긴 하지만) 마치

경이로운 무언가를 보는 듯한 시선이 생길 수밖에 없는 것이었다.

한국의 젊은이들은 이런 도전에 대하여 어떻게 생각하고 받아들일까? '스물셋에 미국 횡단? 그것도 대학교 여름방학에? 취업이 코앞인 졸업반에 토익 점수 올리기도 눈코 뜰 새 없는 판에 무슨!'이라고 생각할까?

이런 생각이 드는 것은 자연스러운 현상이다. 계속해서 그런 싸이클 속에서 살아왔으니까. 생각해보니 정말 숨 막히게 몰아치는 일생이 아닌가. 중학교 때는 고등학교 입시로 학교가 끝나기 무섭게 당연한 듯 학원으로 간다. 고등학생이 되면 또다시 대학 입시를 준비하기 위해 학교에서는 잠을 자고, 학교가 끝나면 과외며 학원으로 밤낮 없이 공부한다.

미국에서는 학생들 대부분이 방학 때 일을 하거나 여행을 다녔다. 다음 학기나 진학 준비를 위한 공부를 하는 학생은 본 적이 없다. 이 방학이라는 시기마저, 한국에서는 더 바쁜 기간이 되어버린다.

십 대나 이십 대는 에너지와 열정, 호기심이 넘쳐 어디로든 그 끼를 펼쳐보아야 하는 시기이다. 틀에 박힌, 입시와 공부에 묶여 일괄적인 시스템 안에 있는 우리나라 학생들이 너무 안쓰럽게 느껴졌다.

한 번 사는 인생인데… 해보고 싶은 것이 있다면 그 나이에 마음껏 도전해볼 수 있는 환경이 우리나라에도 만들어진다면 얼마나 좋을까?

모르긴 몰라도, 나 역시 지금 한국에 있었더라면 취업을 위한 토익 공부나 스펙 쌓기에 전념하고 있었을 것이다. 여기에 맞고 틀리고는 없다. 이것은 단지 문화 차이일 뿐이고, 생각의 차이일 뿐이다. 차이점을 가지

● 휴식 지점에 서서 물과 간식을 먹는 워터브레이크(Water break)

고 옳고 그름을 논할 수는 없는 것이니까.

국가적인 시스템과 환경·문화 차이, 사람들의 인식 같은 것은 그 나라마다 다른 것이고 또 그것을 우리가 당장 바꿀 수는 없다. 그러나 선택은 자신이 하는 것이다.

어쩌면 한국 젊은이들은 스펙 쌓기 외의 다른 선택 사항이 있다는 것을 망각하고 있을지도 모른다. 대한민국의 10대, 20대면 당연히 입시 및 취업 걱정, 스펙에만 자신을 바쳐야 한다고, 그 길밖에는 없다고 여기고 있는 것은 아닐까?

한 번쯤은 자신의 마음에서 진정 우러나는 일, 남들이 하든 하지 않든 그런 것에 구애받지 말고 내가 진정 하고 싶은 일에 자신을 던져보는 것은 어떨까. 이 좋은 시절 내가 선택할 수 있는 선택지 중 이런 문항도 끼워 넣을 수는 있는 거니까.

'우리도 그쯤은 알아. 하지만 남들이 하지 않아, 남들에게 뒤처질까봐 두려운 거라고'라는 목소리가 들리는 듯하다. 그러나 내가 말하는 것은 반드시 1, 2년을 투자해서 해내야 하는 뭔가 대단한 것이 아니다. 이를테면, 내가 이번 여름방학 70일간에 하는 이 일과 같은 것이다. 단순히 남들에게 뒤처질까봐 두려워 자신이 하고 싶은 것을 바로 지금, 이 시기에 하지 않는다면 언제 해볼 수 있을까?

내가 지금 달리고 있는 이 길에서 나는, 바다 건너 대한민국에 있는 나의 또래 친구들에게 진심으로 바랐다. 건강한 육체를 이끌고 도전하고 싶은 것이 있다면, 해보고 싶은 어떤 것이 있다면, 한 번쯤 자신의 모든 것을 걸고 도전하는 용기를 가질 수 있기를.

지금껏 살면서 단 한 번도 해보지 않았던 생각의 마침표는 그렇게 간절한 바람으로 찍혔다.

그리고 오늘, 나는 100마일을 돌파했다.

혼자 가는 길이란 없다

12일째.

나는 처음으로 물 차를 운전하는 임무를 맡게 되었다.

원래 순서대로라면 돌아가며 일주일에 한 번씩 맡았어야 하지만 애팔래치아산맥을 넘으면서 부상자들이 생긴 탓에 한 번 이상씩 운전을 하게 된 친구들이 있었고 몸이 괜찮았던 내 차례는 조금 늦게서야 돌아온 것이었다.

나의 임무는 다른 한 명과 2인 1조로 15인승 밴을 오늘 목적지 방향으로 운전해 가며 매 30km마다 팀원들이 물병을 채우고 간식을 먹으며 10분 정도 휴식을 취할 수 있도록 해주는 것이었다. 평균 8시간 정도 자전거를 타야 하는 팀원들이 자외선 차단제와 엉덩이 쓰림 방지 크림을 바를 수 있는 곳이 이 물 차이기도 했다.

물 차 요원인 나와 팀원은, 아침에 팀원들이 모두 출발하면 우리가 머문 숙소의 마지막 점검을 하고 나온다. 큰 물통 2개와 간식이 실린 밴을 몰고 주유소 혹은 식당에 들러 물을 기부받는다. 물론 얼음까지 제공해 주신다고 하면 팀원들이 시원한 물을 마실 수 있으니 보너스이다. 그렇게 물을 채우고 나서 팀원들이 가는 길을 뒤쫓아 가서 그들을 추월해 약 30km가 되는 지점에서 팀원들이 쉴 수 있는 좋은 자리를 찾는다. 가장 이상적인 자리는 큰 나무가 그늘을 만들어주는 잔디 위 정도이다. 그렇게 자리를 잡고 나서는 팀원들이 휴식 공간에 도착하여 최대한 효율적으로 쉬고 필요한 것들을 손쉽게 사용할 수 있도록 간식과 물을 진열해 놓는다. 처음 물 차를 운전한 것치고 모든 것이 무난하게 진행되었다.

차를 운전하면서 일렬로 도로 한쪽 끝에서 각자 목표를 가지고 자전거를 타고 있는 팀원들의 모습을 보니, 갑자기 가슴이 뭉클해졌다. 저들은 오늘도, 자신들이 오늘 하루를 바치겠노라고 약속한 누군가를 위해 달리고 있었다.

절대로 쉽게 포기할 수 없는 자기 자신과 그리고 그들과의 약속. 오늘도 고통스러운 항암 치료를 받아야 하는 친구를 위해, 암으로 돌아가신 할아버지를 위해, 얼마 전, 의사에게 건강이 호전되지 않는다는 이야기를 듣고 좌절하고 계신 이모를 위해, 위험한 암수술을 시행할 수 있는 독일에 있는 명의를 찾았지만 50000달러가 필요해 수술받지 못하고 있는 어린 아이를 위해(얼마 후 우리는 그 아이의 가족들로부터 돈을 다 모으기 전에 아이가 죽었다는 소식을 듣고 그 아이를 애도했다), 그리고 자신들을 후원해준 사람들과의 약속을 위해 쉬지 않고 페달을 밟고 있는 그들을 진심을 다해 응원했다.

근처 주유소에서 큰 물통을 채우고 차에 실은 후, 팀원들 옆을 지나가며 경적 소리로 '괜찮냐'고 물으면 힘든 표정이었다가도 환하게 웃으며 엄지손가락을 치켜세운다.

이렇게 나는 오늘 하루 자전거를 타지 않고 팀원들을 위해 물을 공급

해주었다. 그들 옆을 지키며 나아가는 보조 역할을 한 것이었다. 내가 없으면, 이 물 차가 없으면 우리 팀원들이 자전거를 계속해서 탈 수 없다는 일념 하나로 운전을 했다.

누구도 말을 걸지 않는 나 혼자만의 시간, 묵묵히 페달을 밟으며 나만의 세계로 빠져드는 그 시간처럼 물 차 임무를 수행하면서도 나는 여러 가지 생각을 하게 되었다. 그리고 그 생각들은 여지없이 이 횡단의 궁극적인 이유인 암환자들에 대한 것으로 이어졌다.

사실, 미국에서 유학 생활을 하며 가장 힘들 때는 몸이 아플 때였다. 그럴 때면 항상 한국에 계신 부모님이 생각났다. 속이 좋지 않을 때 직접 담근 매실액을 물에 타주시던 아버지, 아플 때면 항상 따뜻한 보리차를 끓여주시던 어머니. 그 두 분이 없는 이국땅에서 홀로 아픈 몸을 이끌고 모든 것을 해야 한다는 것은 상상할 수 없을 만큼 외로웠다. 그 어느 때도 아닌 바로 '아플 때' 보호자, 혹은 그저 자신을 돌보아줄 누군가가 옆에 있고 없고의 차이는 정말 큰 것이었다.

우리 주위 암환자들은 너무나도 많은 짐을 진다. 암이라는 무서운 질병과 맞서 싸워야 하는 거대한 고통과 두려움, 그에 따른 치료비 걱정, 주변 사람들과 멀어지면서 생겨나는 외로움. 사실 이건 그 누구와 나눠질 수도 없고 혼자 감당해내야 하는 것들이지만 가족, 그리고 친구가 옆에 함께 있어주면 말할 수 없이 큰 힘이 된다.

● 내가 물 차를 운전하는 날. 팀원들에게 시원한 물과 간식을 제공하기 위해 최선을 다했다

하지만 암환자들 중에는 주변에 아무도 없이 혼자 이런 상황을 이겨 내고 있는 이들이 적지 않다는 것은 가슴 아픈 현실이었다.

생각이 여기까지 미치자, 내 주위에서 암으로 고생했던 사람들이 떠오르기 시작했다.

내 또래의 주변 사람 중 암으로 투병한 사람들이 세 명 있다. 한 명은 나보다 2살 많은, 미국에서 알게 된 형이었다. 그 형은 대학교 3학년 때 백혈병에 걸렸다. 당시 나는 한국 군대에 있었기 때문에 형의 고통을 함께할 수는 없었지만, 형은 다행히도 부모님과 주위 친구들이 옆에서 힘을 주는 환경 속에 있었고 무사히 병을 떨쳐낼 수 있었다.

또 한 친구는 내가 공군으로 성남 비행단에 있을 때 나의 후임으로 들어온 '현조'라는 친구였다. 우리 자대에 전입 온 지 몇 달 되지 않았을 때의 일이다. 여느 때처럼 우리는 일과가 끝나고 내무실에 올라와 휴식을 취하고 있었다. 우리 부대는 당시 두 개의 내무실을 사용했는데 A내무실에 있던 나는 B내무실 쪽에서 '쿵' 하는 소리를 듣고 급히 그쪽으로 달려갔다. B내무실로 가보니 현조가 쓰러져 있었다. 그렇게 현조는 응급실로 실려 갔고 부대에서 가슴을 졸이며 소식을 기다리고 있던 우리는 현조가 백혈병이라는 이야기를 전해 듣고 큰 충격에 빠졌다. 가끔 어지럽다고 했던 적은 있었지만 설마 그것이 백혈병의 증상이라고 누가 상상이나 했겠는가.

현조는 그 길로 입원했고 우리 부대에서는 현조를 위해 헌혈증을 모으기 시작했다. 그 당시 수십 장의 헌혈증을 받아 현조 어머니께 전해드렸을 때 현조와 현조 어머니는 정말이지 너무 감사하다며 정말로 큰 힘이 된다고 몇 번이나 말씀하셨다. 현조에게는 어머니가 계셨고, 우리와 같은 군대 동기들이 있었고 친구들이 있었다.

또 하나는 어릴 때부터 교회에 같이 다니던 형. 그 형은 다리에서 시작된 종양이 암으로 번져, 의가사 전역을 하게 되었는데 투병 중 결국 세상을 떠나고 말았다. 형의 천사 같은 마음씨와 그 미소를 생각하면 아직도 가슴이 저린다. 그렇지만 형 역시 다행히 주변에 가족이 있었고 교회 사람들이 함께해주어 그들과 자신의 고통을 나누고 보살핌을 받았다. 아쉽게도 암과의 싸움에선 졌지만, 생전 투병할 때에는 많은 사람들 덕분에 늘 힘을 얻었을 것이다.

내 주변의 암환자들에게는 다행히 든든한 보호자와 친구들이 있었지만, 우리 주위에는 오늘도 암과 외롭고 힘겨운 싸움을 혼자서 하고 있는 사람들이 분명히 있다.

조금만 고개를 들고 눈을 돌려 병으로 고생하는 주위의 사람들을 둘러보는 시간을 갖는 건 어떨까? 고통은 나누면 반이 된다고, 건강한 몸을 가진 우리의 작은 손길이 병마와 싸우고 있는 사람들에게는 말할 수 없을 만큼의 큰 빛으로 다가올 수 있으니. 내가 혼자가 아니라는 희망. 거기서 오는 정신적 안정. 그들에게 절실하게 필요한 것은 어쩌면 이것뿐일지도 모른다.

비록 페달을 밟으며 주행을 한 날은 아니었지만, 물 차 임무를 수행하면서 나는 자전거 위에서는 보이지 않았던 또 다른 것을 보았고 깨달았으며 되돌아보았다.

어느 자리에 있든, 무얼 하든 그 자리에서 보이는 것들과 그것들로 인해 내 안에 피어오르는 생각의 크기가 점점 커져 감을 느꼈다.

3장

내 젊음이 태양보다
더 뜨거워지도록

우리는 절대 포기하지 않는다

어느덧 14일째였다.

이날은 우리나라 강릉의 자매 도시인 테네시주의 차타누가(Chatta-nooga)라는 도시에서 시작해 앨라배마주, 조지아주, 그리고 다시 테네시주로 돌아오는 코스로 약 170km에 달하는 거리를 달려야 했다.

테네시주는 경사가 심한 도로로 이루어져 있었다. 7km마다 계속해서 가파른 오르막이 이어졌는데 심한 곳의 경사는 무려 25도에 이르렀다. 지금까지 주행 중 가장 가파른 길이 12도 정도의 경사였는데! 사실, '자전거로 오를 수 있을까' 하는 의구심이 들게 하는 구간도 있었다. 간혹 가다 우리가 달리는 길로 차들이 지나갔는데 자동차조차 올라가는 것이 힘겨워 보일 정도였으니 말이다.

우리가 넘어야 할 큰 산의 이름은 독수리산이라 불리는 고개였다. 우리 중 대부분은 보통 0.7리터짜리 물통 2개를 기본적으로 갖고 있었다. 몇 명은 간혹 2~3리터짜리 물주머니를 메고 있었는데 보통 그 정도 물이면 30km는 거뜬하게 버틸 수 있는 양이었다. 그런데 겨우 5km 정도 되는 지점에서 대부분 물이 다 떨어지고 말았다.

이런 악조건 속에서 산을 계속 오르기 시작했다. 전진하다가 내려 휴식을 취하고 다시 전진하다가 내려 휴식을 취하는 것을 반복하면서 독수리산과의 싸움을 계속했다. 여자 팀원들 몇 명은 극에 달하는 육체적 한계 앞에서 눈물을 보이기도 했다. 눈물이 날 정도로 힘든 가운데서도 포기하지 않고 계속해서 한 발 한 발 페달을 밟는 그들을 보니 가슴이 뭉클해졌다. 그들이 왜 포기하지 않고 앞으로 나아가고 있는지 잘 알고 있기에 나는 그들에게 응원을 보냈다.

우리 중 몇 명은 일정 거리를 올라간 후에 자전거를 내려놓고 산길을 내려와 뒤쳐진 팀원들의 등을 밀어주었다. 서로의 등을 밀어주고, 큰 목소리로 '정상에 다 왔어!'라고 응원을 해가며 앞으로 나아가는 우리 모두의 앞에 정상이 조금씩 가까워지고 있었다.

그렇게 정상이 가까워 오면서 체력 또한 바닥을 드러내기 시작하는 시점이었다. 그때, 저 앞의 길바닥에 써 있는 한 단어가 눈에 들어왔다. 그것은 분필 표시였다. 호스트 차가 짐을 숙소로 옮기면서 우리가 길을

● 우리 팀의 리아와 다르씨. 독수리산에서 여자 팀원들이 특히 힘들어했다

잃지 않도록 도로 바닥에 분필로 나아갈 방향을 칠해 둔 것이었다.

우리는 그 표시가 정상에 거의 도착했다는 뜻인 줄 알고 마구 기뻐했다. 신 나서 페달질에 더욱 속도를 높이려는 그때, 분필로 쓴 글씨에 다가가 그 단어를 정확히 보게 된 나는 할 말을 잃고 말았다. 도로 바닥의 글씨는 다름 아닌 'Chemotherapy(항암 치료).' 순간적으로 온몸에 소름이 쫙 돋고 눈에 눈물이 핑 돌았다. 이 한 단어는 우리에게 무척 강렬한 의미를 던져주고 있었다. 적어도 지금, 암환자들을 위해 자전거를 타고 있는 우리에게는 그랬다. 그것을 본 우리는 누가 뭐라고 하지도 않았는데 기뻐하던 호들갑을 멈추었다. 우리 사이에 잠시 고요한 정적이 흘렀다.

나는 지금껏 강도 높은 항암 치료를 매일같이 받아야 하는 암환자들의 고통을 생각해본 적이 있던가? 그저 암에 걸리면 당연히 받아야 하는 치료쯤으로 생각하고 있지는 않았나? 눈물이 흐를 정도로 극한의 육체적 고통은 젊고 건강한 상태인 나에게도 이토록 큰 고난으로 느껴지는데… 항암 치료를 매일 받아야 하는 암환자들은 얼마나 깊은 고통 속에 있을까. 내가 아무리 죽을 만큼 힘들다 한들 과연 그들의 고통만 할까?

서로를 격려해가며 팀워크로 독수리산의 정상에 다다르자, 조금씩 함성 소리가 들려오기 시작했다. 이미 정상에 도착해 있던 우리 팀원들 중 몇 명이 언덕길을 뛰어 내려와 우리 옆에서 함께 달리며 우리를 독려했다. 1시간 반 정도 걸린 사투 끝에 우리는 전원 독수리산을 정복하는 쾌거를 거뒀다.

산 정상에 오른 우리는 물 차를 기다리며 큰나무 밑 그늘에서 쉬고 있었다. 우리의 얼굴에 체력이 다한 표정이 드러났던 것일까. 산 정상 근처에 살고 계신 할아버지 한 분이 트럭을 운전하고 지나가시다가 우리에게 '괜찮냐'고 묻더니, 자전거가 옆에 뻔히 있는 것을 보고도 "설마 저 자전거로 이 산을 올라온 것은 아니지?"라고 또 한 번 물어왔다. 우리는 그렇다고 말했다.

"이 길은 겨울이면 차도 못 다녀서 평소에도 차들이 돌아가는 길이라고!"

아저씨는 놀라워하면서 아예 트럭 시동을 끄고 우리에게 바짝 다가와 대체 왜 이런 일을 하고 있는지 물었다. 4K와 우리가 하는 일에 대해서 설명을 드렸더니, 갑자기 트럭 시동을 켜고 집에 있는 아내를 이곳에 데리고 와 우리를 꼭 만나보게 하겠다고 했다. 그는 정말 집 쪽으로 향하며 금방 올 테니 절대 떠나지 말라고 신신당부를 하고 떠났다.

그렇게 10여 분이 지났을까, 저 멀리 속도를 내어 우리 쪽으로 달려오고 있는 트럭이 보였다. 조수석에는 머리가 흰 할머니 한 분이 타고 계셨다.

그렇게 우리는 할머니, 할아버지와 함께 이야기를 나누기 시작했다. 할머니의 가족들이 특히 암으로 큰 고생을 했고, 그로 인해 몇몇 사랑하

● 독수리산 정상에서 만난 할머니, 할아버지와 함께

는 사람들을 먼저 떠나보내야 했다며 우리에게 진심으로 고맙다고 연거
푸 말씀하셨다.

"젊은이들이 하는 일이 얼마나 중요하고 뜻깊은 일인지 나는 잘 알고
있어요."

'암이 닿지 않은 곳이 없구나!'라는 사실을 더욱 뼈저리게 느끼는 한
편, 우리가 하고 있는 일의 의미를 잘 알고 감사한 마음을 보내주는 사
람들이 있다는 사실에 가슴이 뜨거워졌다. 내가 하고 있는 이 일이 결코
헛된 일이 아니라고 알려주는 것 같아 뿌듯했다.

할머니, 할아버지와 사진을 찍고 우리는 다시 남은 길을 달리기 위해 떠났다. 좀 쉬었다가 타서 그런지, 산 하나를 올라와서 그런 건지 다리는 어느 때보다 묵직하고 무거웠지만 방금 전의 인연으로 인해 나의 마음은 어느 때보다 가볍고 에너지가 넘쳤다.

그렇게 계속해서 달리다가 자전거 거리계를 보니 오늘 160km 정도를 달렸음을 알 수 있었다. 목적지까지 170km니 이제 10km 정도가 남은 것이다. 8시가 조금 넘은 시간이어서 어둑어둑해지기 시작했지만 완주할 수 있겠다는 생각에 신이 나 있는데, 갑자기 팀원 크리스마리가 잠시 멈추라고 외치는 소리가 들렸다. 무슨 일인지 물어보니, 크리스(Chris)의 얼굴을 보라며 그에게 달려갔다.

무슨 영문인지 어리둥절해하던 크리스는 그제서야 자신의 코에서 코피가 나고 있는 것을 알아채고 코를 감싸 쥐었다. 엄청난 양의 피를 갑작스럽게 쏟은 크리스는 더 이상 서 있지 못하고 땅에 주저앉았다. 해가 완전히 떨어지면 완주를 할 수 없다는 생각에 그는 휴지를 대충 코에 쑤셔 넣고 계속해서 가겠다고 고집을 부렸다. 하지만 우리는 그의 안전을 위해 더 이상 자전거를 타게 둘 수 없다고 결정했다. 숙소에 도착한 팀원들에게 전화를 걸어 상황을 설명하고 차로 데리러 와달라고 했다. 20분 후, 저 멀리서 반가운 우리 차가 다가왔다. 시골이라 칠흑 같은 어둠이 금방 내려앉았고, 앞을 제대로 볼 수 없는 상태에서 크리스와 함께 남은 인원도 차를 타야 되는 건가 싶었다. 먼저 그를 차에 태우고 안정을 취하게 했다.

남은 팀원은 로렌(Lauren), 크리스마리, 피터 그리고 나. 이제 정말 차를 타야 하나, 내가 세운 목표와 오늘 반드시 완주해내겠다던 약속들이 머릿속에 필름처럼 지나갔다. 이제 10km가량밖에 남지 않았는데… 여기서 포기하는 것은 오늘 아침 하루를 바치기로 한 사람들에게 할 도리가 아닌 것 같다는 생각이 들었다.

나는 오늘 하루, 고등학교 때 홈스테이를 했던 집주인의 아들 조이(Joey)를 위해 타기로 했었다. 아주 어렸을 적, 암과 싸웠던 조이는 지금은 건강하게 한국 이태원에서 일을 하고 있다. 어렸을 때부터 암과 투병을 한 그를 생각하니, 쉽게 포기할 수가 없었다. 그래서 우리는 당시 운전자였던 마이클과 케빈에게 부탁을 하여 숙소에 이미 도착한 리더에게 전화를 해달라고 했다.

얼마 안 있어, 우리 차가 남은 팀원들의 바로 뒤에서 호위를 하면서 마지막 10km를 타게 해준다는 결정이 내려졌다. 하지만 차에 타고 있던 크리스의 코피가 다시 나거나 다른 증세가 나타나면 즉시 모두 차에 탄다는 조건이 붙었다. 완주할 수 있다는 사실에 감사하며 어둠 속에서 차 헤드라이트에 의존해 나머지 10km를 달렸다.

숙소에 도착하자, 기대하지 않았던 선물이 우리를 기다리고 있었다. 팀원들이 하나같이 숙소 앞에 나와 박수를 치며 환호성으로 우리를 맞

● 다음 3마일은 7%의 경사도라고 알려주는 표지판 앞에서. 심한 경사의 오르막길이 아니니 모두 밝은 얼굴이다

아주었던 것이다. 팀원들이 하나둘씩 나와서 우리를 안아주니 그 어느 날보다 가슴이 뭉클해졌다. 완주에 대한 결의, 오늘 하루와 싸운 나, 팀원들의 모습이 하나씩 선명하게 떠올랐다.

함께 끝까지 완주를 해낸 피터가 나에게 다가와 수고했다는 말과 함께 잠시 이야기를 청했다.

"대체 왜 그렇게 완주를 하고 싶었던 거야? 사실 나는, 아까 차가 와서 우리를 태운다고 했을 때 그냥 타려고 했거든."

자신은 그냥 완주를 접고 타려는데 그때, 내가 진심으로 완주를 하자고 제안한 것에 이끌려 자신도 끝까지 올 수 있었다며, 감사하다는 인사와 함께 그 이유를 물어왔다.

"무슨 일이 있어도 매일의 목표를 완주하자는 것이 이 여행을 준비하기 시작한 몇 달 전부터 세운 개인적인 목표였거든. 내가 이 여행에 참여할 수 있도록 나를 후원해준 100여 명의 사람들, 외롭고 힘든 싸움을 하고 있을 암환자들, 그리고 무엇보다 오늘날까지 나를 있게 해주신 부모님, 더 나아가 이 여행을 시작할 수 있도록 동기부여를 해주신 어머니께 드린 약속을 깨기 싫었어."

내가 하는 말을 가만히 듣고 있던 그는 고개를 끄덕이며 대답했다.

"그렇구나. 이제 이해가 되네. 너의 강한 모습과 자세가 우리 팀원에게 좋은 자극이 되었을 거야."

미시시피 강물에 흘려보낸 뜨거운 눈물

오늘은 19일째.

테네시강을 건너 미주리주까지 달리는 날이었다.

목적지까지 거리는 약 180km. 며칠째 계속되는 강행군으로 부상자가 많았다. 팀원들의 무릎 상태가 좋지 않았고 여기저기 환자 속출로 부상 병동이 되어버렸다. 총 29명 중 자전거에 올라탄 사람은 겨우 18명. 그나마 자전거를 계속해서 타는 18명 역시 몸이 성한 사람은 없었다. 하지만 그럴수록 우리의 의지는 더욱 불탔다. 그 어느 때보다 우렁찬 목소리로 구호를 외치고 시작했다. 오늘 달려야 할 거리가 만만치 않았기 때문에 우리는 다른 날보다 일찍 출발했고 휴식장소 간의 거리 역시 평소보다 긴 35~40km 정도로 두었다.

부상자 없이 120km가 되는 지점까지 갔을 때 이른 저녁 식사가 우리를 기다리고 있었다. 저녁 식사는 우리가 지나는 마을에 있는 서브웨이 샌드위치. 힘에 부쳐 있던 우리는 시원한 실내 음식점에 들어가 열을 식히며 허겁지겁 샌드위치를 먹었다. 평소엔 패스트푸드라며 별로 좋아하지 않던 음식이었는데, 이날 샌드위치는 나에게 최고급 호텔 음식 부럽지 않은 저녁 식사였다. 식사 후, 약간의 휴식을 취하고 오후 5시 30분 경 다시 출발했다. 해가 질 때까지는 아직 3시간 정도 남아 있었기 때문에 남은 60km를 달리기에 충분해 보였다.

그런데 문제가 생겼다. 힘겹게 버텨오던 팀원 메릴린(Marilyn)이 다시 출발한 지 5분쯤 지났을 때, 갑자기 도로 오른쪽의 인도로 푹 하고 쓰러진 것이다. 주행 중에 워낙 넘어지는 팀원들이 많았기 때문에 이번에도 그저 균형을 잃었거나 땅에 있는 돌을 피하려다가 넘어졌나 싶었다. 그런데 이런, 넘어진 그녀는 거의 말을 하지 못하는 상태였고 입술은 파랗게 질려 있었다. 상황이 심각하다는 것을 인지한 우리는 일단 인도에 자전거와 그녀를 옮겨 놓고, 차량에 연락을 했다.

그녀의 상태를 봤을 때 더 이상 자전거를 타는 것은 무리였다. 메릴린은 70km 되는 지점에서도 한 번 울음을 터뜨리며 더 이상 못 가겠다고 멈추었었다. 단순히 피곤하고 힘든 상태인 줄만 알고 팀원들 모두 그녀를 위로하며 여기까지는 타고 온 것이다. 그런데 알고보니 심각한 상황. 그녀는 자신이 어떻게 넘어졌는지조차 기억을 못할 만큼 정신이 나가 있었다.

그렇게 인도에 앉아 차를 기다리며 초조해하고 있는데 저 멀리서 30대 초반쯤 되는 여자 한 명이 우리 쪽으로 뛰어왔다. 그녀는 무슨 일인지 묻더니 자신이 알고 있는 몇 가지 응급처치 요령을 사용해 메릴린을 진정시키기 시작했다. 우리 팀원 중에도 긴급 의료원이 있었지만 그는 아직 도착 전이었다.

그렇게 30분이 지났을까. 차를 타고 달려온 긴급 의료원 에린(Erin)이 도착했다. 심한 탈수 증세를 보인 메릴린은 차량에 실려 근처 병원

으로 이동을 했다. 끝까지 완주하지 못하게 된 메릴린에게 나는 아나
(Ana)가 나에게 해줬던 응원의 말을 진심으로 전했다.

"너는 지금까지 잘해왔고, 최선을 다한 너의 모습은 정말 멋있었어.
우리 모두 네가 많이 자랑스러워. 네가 오늘 하루를 바치겠다고 생각하
며 탄 그 사람도, 분명 너를 자랑스럽게 여길 거야."

그녀는 절대 포기한 것이 아니었다. 자신이 가지고 있는 온 힘을 쏟아
부었기 때문이다. '포기'라는 단어는 절대 이런 상황에 쓰이는 말이 아니
었다. 내 말에 그녀는 고개를 끄덕이며 자신을 위해 꼭 완주를 해달라는
말을 끝으로 차에 올라탔다.

상황이 일단락되고 나니, 어디서 나타났는지 갑자기 달려와 메릴린에
게 응급처치를 해준 그녀가 떠올랐다. 우리를 도와준 사람은 제시. 성경
공부 모임에 가고 있던 길이었다고 했다. 어쩔 줄 몰라 하는 우리를 발
견하고 다가와 침착하게 메릴린을 도와준 것이었다. 그녀가 아니었다면
상황은 아마 더 심각해졌을 것이다. 우리는 그녀에게 감사의 표시를 했
다. 그녀는 손사레를 치며 이렇게 중요한 일을 하는 청년들에게 이렇게
나마 작은 도움을 줄 수 있어서 영광이었다며 자신의 길을 계속 갔다.

한바탕 해프닝이 있은 후, 우리는 더욱 서둘러야 했다. 아직도 목적지
까지 60km의 거리가 남아 있는데 시간은 오후 7시를 향하고 있었기 때
문이다. 피치를 한껏 올린 우리는 휴식 없이 40km를 내리 달렸다. 미시

● 미주리주로 넘어가는 경계선에서. 뒤로 우리 차량이 보인다

시피강을 건너는 다리가 저 멀리 보이자 모두들 환호성을 지르기 시작했다. 그 강을 건너면 오늘의 목표인 미주리주가 우리를 기다리고 있었기 때문이다. 목적지까지는 20km가 채 안 남은 상황. 시간은 8시 15분이었고 이 상태라면 완주를 할 수 있으리라 굳게 믿었다. 해가 지는 멋진 풍경을 감상하며 다리를 건넜다.

휴식 없이 달려온 우리에게 물을 주러 온 것인지 뒤에서 우리 차량의 경적 소리가 들려왔다. 그런데 휴식을 위해 차가 온 것이 아니었다.

"애들아, 이제는 해가 다 넘어갔고 목적지까지 어둠 속에서 계속 달리기엔 너무 위험해. 어쩔 수 없이 너희들을 데리러 왔어."

여태껏, 오로지 완주만을 생각하며 달려온 우리에게 청천벽력 같은 소리였다. 우리의 반응이 너무나 안타깝게 느껴졌는지, 우리를 데리러 온 운전자 중 한 명인 이쓴(Ethan)이 리더에게 전화를 걸어 다시 이야기해볼 테니 일단 다리를 건너 미주리주 경계선에서 보자고 했다. 이쓴의 말에 희망을 본 우리는, 끝까지 완주할 수 있으리라고 굳게 믿었다.

며칠 전에도 얼마 남지 않은 거리를 차량의 헤드라이트에 의존한 채 완주를 하지 않았는가. 그때를 생각하면서 우리는 석양이 지는 미시시피강을 들뜬 마음으로 건넜다. 다리 건너편에서 리더와 이쓴 그리고 토니(Tony)가 차에 내려 우리를 기다리고 있었다. 주 경계선에서 급히 사진을 찍고 우리는 이쓴과 토니에게 달려갔다.

하지만 그들의 얼굴에는 벌써 답이 써 있었다. 복잡한 도로에서 더 이상 무리하게 자전거를 타는 것은 아무래도 너무 위험하기 때문에 남은 20km는 차를 타고 오라는 리더들의 결정이었다.

그 말을 듣는 순간, 나는 뭔가로 가슴팍을 세게 얻어맞은 느낌이 들었다. 그대로 다리에 힘이 풀려 주저앉았다. 몇 달 전부터 이 여행을 준비하며 수많은 사람들에게 나는 뭐라고 말했었지? 자전거를 타며 암환자들에게 희망을 주기 위해 미국을 횡단한다고 했다. 하지만 20km의 거리를 자동차를 타고 이동해야 한다는 것은 나를 후원해준 그들을 배신하는 것이 아닐까. 마음이 복잡해지며 그동안 꾹 참고 눌러왔던 뜨거운 눈물이 뚝뚝 떨어지기 시작했다.

그렇게 걷잡을 수 없이 눈물을 흘리고 있는데, 옆에 누군가가 다가와 있는 것이 느껴졌다. 친구 경인이었다. 10년 넘게 가장 친하게 지내며 서로를 알아왔던 경인이가 우는 것을 본 것도 처음이었다. 그의 얼굴을 보니 나와 똑같은 심정임을 알 수 있었다. 나와 경인이는 서로를 보고 아무 말 없이 서로를 껴안았다. 서로를 위로하고 싶었지만 무슨 말을 해야 할지 알 수가 없었다. 여태껏 살면서 수많은 이유로 눈물을 흘렸지만, 이날 저녁 미시시피강에서 흘린 눈물은 죽을 때까지 잊지 못할 것이다.

숙소로 가는 길에 차 안은 침묵이었다. 도착하자 우리보다 먼저 자전거를 타고 도착했거나 부상 때문에 차로 와 있던 팀원들이 모두 나와 박수를 치며 환영했다. 여태껏 팀원들이 이렇게 환영해줄 때면 없던 힘까지 불끈 솟았는데 이번만큼은 내 가슴이 무뚝뚝했다. 그런 나를 본 몇몇 팀원들이 계속 쫓아오며 격려를 해주었다.

그러는 중 지난번에 헤드라이트를 켜고 완주를 도와주었던 팀원 둘이 나에게 와서 '한 번 생각해볼 것이 있어'라며 말을 걸었다.

"만약 동훈이 네가 개인적인 목표를 위해 아까 어둠 속에서 계속 자전거를 탔다고 해보자. 그러다가 만약에라도 너에게 어떠한 안 좋은 일이 생겼다면? 그렇게 되었다면 나머지 팀원 28명에게는 남은 50일이 사라지는 거야. 우리의 여행은 그대로 끝났을 것이고. 이제 다시 한 번 생각해봐. 너의 개인적인 목표도 물론 중요하지만 이 팀에는 너를 제외

● 미시시피강을 건너며

하고도 28명의 사람이 있다는 사실을.”

그 말에 내 안에 있던 돌덩이가 스르르 사라졌다. 이제껏 살아오며 나는 항상 내 목표를 위해, 내 성과만을 위해 쉬지 않고 달려왔다. 나에게 도움이 되고 득이 되는 것이라면 거침없이 그 길을 택했던 것이다.

하지만 분명하게 깨달았다. 이 세상은 나를 중심으로 돌지 않는다. 나는 그저 이 세상을 살아가는 한 공동체의 일원일 뿐이다. 가끔은 나의 목표보다 더 큰 것을 생각하고, 그것을 위해 포기할 줄도 알아야 했다.

이 깨달음과 함께 그날 밤, 가벼운 마음으로 휴식을 취할 수 있었다. 이제부터는 내가 중심이 아닌 ‘우리’가 중심이 될 수 있도록 나의 사고 방식을 하루하루 조금씩 바꾸는 노력을 해야겠다는 다짐을 하며 잠자리에 들었다.

I will never forget you

21일째. 세인트루이스에 있는 명문대인 조지워싱턴대학교에서 기숙사를 친절히 열어주어 호텔에 온 것처럼 쉴 수 있었다.

가장 최근에 지은 기숙사 건물을 사용할 수 있도록 해준 학교 측의 배려 덕분에 우리는 이제껏 쌓인 피로를 씻어낼 수 있었다. 게다가 더 좋았던 점은 다음 날이 서비스데이(Service Day)라는 것! 우리는 총 70일 동안 약 1주일에 한 번 꼴로 서비스데이 혹은 쉬는 날을 가졌는데 오늘이 여행을 시작하고 나서 3번째 서비스데이였다.

5일째 되는 날에는 버지니아주에서 '릴레이 포 라이프(Relay for Life)'라는 암 환자를 위한 걷기 행사의 준비를 도왔고 11일째에는 테네시주의 암 센터에 가서 저녁 준비와 환경 미화를 했다. 이렇게 4K 활동에는 자전거를 타는 것뿐만이 아니라 암 환자들을 직접 만나 그들의 이야기를 듣고 우리의 이야기를 나눌 수 있는 기회도 있었다.

오늘 예정되어 있던 활동은 세인트루이스에 있는 암 센터에 가서 암 환자들과 이야기를 나누고 그들을 위해 저녁 식사를 준비하는 것이었다. 29명이 모두 부엌에서 요리를 할 수 없어 요리에 자신이 있는 친구들

● 11일째 서비스데이, 테네시주 암 센터에서 봉사 활동 중인 나와 경인이

이 음식을 맡고 나머지는 암 환자들과 이야기를 나누는 시간을 가졌다.

주위를 돌아보니 혼자 휠체어에 앉아 계시는 할아버지가 보였다. 다가가 인사를 드리고 옆에 있는 의자에 앉으니 자연스레 대화가 시작되었다. 할아버지의 성함은 빌(Bill). 처음부터 암에 대한 이야기를 한 것은 아니었다. 내가 어디에서 왔는지, 여행이 어떤 경험이 되고 있는지 등등 나의 이야기를 먼저 이것저것 물어보셨다. 그런 후엔 여쭤보지도 않았는데 할아버지는 자신의 어렸을 적 이야기부터 자식이야기까지, 그리고 자신이 좋아하는 취미까지 이야기해주셨다.

"내가 가장 좋아하는 일은 빙어 낚시인데 이 근처에도 참 좋은 곳이 있지."

건강에 아무런 문제없이 살아오시던 할아버지는 2007년에 암 진단을 받았다. 그렇게 갑자기 찾아온 암이라는 시련을 받아들이기 힘들었지만 할아버지는 하루하루를 강한 정신력으로 이겨냈다. 심장에도 문제가 있어 몸에 많은 튜브를 차고 계신 것을 보니 마음이 쓰렸다.

암과의 싸움에서 가장 힘든 점이 무엇인지 여쭈어보았다. 어머니에게도 질문해보지 않은 것이라 조심스러웠는데 역시 그분의 목소리가 떨리며 눈에는 금세 눈물이 고였다. 눈물을 애써 참으며 해주셨던 말씀은 지금도 생생하게 기억이 난다.

"일단은 이때까지 즐겁게 살았기 때문에, 내일 죽어도 전혀 후회는 없어. 하지만 무엇보다 가슴이 아픈 건 나한테도 정말 힘든 이 항암 치료를 주위에 있는 어린 아이들이 똑같이 받고 있다는 사실이야. 난 그래도 이만큼 긴 생을 즐겁게 살아봤지만, 한창 꿈을 펼쳐야 할 어린 나이에 암이 찾아온 그 아이들은 어린 시절이 그저 항암 치료에 대한 아픈 기억으로만 채워질 테니… 그것을 생각하면 정말 가슴이 너무 아프고 힘이 들어."

아직 당신도 항암 치료를 받고 있으면서… 자신보다 남의 삶과 고통을 더 걱정하는 할아버지의 모습을 보고 내 자신을 돌아보지 않을 수 없었다. 3일 전 완주를 하지 못한 날 밤 깨달았던 것처럼, 이 세상은 나 혼자 사는 것이 아니라 수많은 사람들과 공존하고 있다는 것, 그리고 같이 나누고 도우며 살아야 한다는 것.

할아버지와 의미 있는 대화를 나눈 후, 다른 암 환자를 만나 이야기하게 되었다. 우리 팀원들이 저녁을 만들어서 내왔기 때문에 환자들 대부분이 저녁을 드시고 계셨다.

저녁을 먹고 있는 한 아주머니에게 다가가 내 소개를 드리고 대화를 시작했다. 저녁을 준비하던 앨시스와 크리스마리도 어느새 옆에 와 이야기에 함께했다. 우리는 그녀의 쏟아지는 질문에 대답하기 바빴다. 그녀는 우리가 하고 있는 횡단에 대해 정말 많은 관심을 가지고 있었다. 우리가 대답을 할 때마다 이런 일을 해주어서 정말 고맙고 신의 축복이 있을 것이라고 말했다. 우리 역시 그녀에 대해 궁금했기 때문에 그녀의 이야기를 청했다.

그녀의 이름은 크리스티(Christy). 급성 림프구성 백혈병(Acute Lymphoblastic Leukemia, ALL)을 앓고 있었다. 얼마 전 골수이식을 받았고 지금은 결과를 기다리는 중이라고 했다. 결과를 기다리는 아주머니에게 나는 꼭 해주고 싶다는 말이 있어 가슴에서 우러나오는 말을 그대로 해드렸다.

"아주머니, 무슨 일이 있더라도 절대 희망을 버리지 마세요. 희망을 잃는 순간 우리는 모든 싸움에서 져버리는 것이니까요. 희망을 붙잡고 계속해서 내일로 내일로 나아가다 보면 그 끝에는 분명 빛이 있을 거예요. 그리고 아주머니가 꼭 이 병을 물리치는 날이 올 거예요."

● 크리스티 아주머니와 함께

　아주머니는 눈물이 가득한 큰 눈으로 나를 쳐다보며 고개를 위아래로 끄덕이셨다. 아무래도 자신이 겪은 그동안의 힘든 시간들이 생각이 났나 보다. 나의 진심어린 응원이 그녀의 가슴에 가닿은 듯했다.

　어느새 그만 떠나야 할 시간이라며 리더가 우리를 하나둘 불러 모았다. 아쉬움을 뒤로 하고 아주머니와 인사를 했다. 길지 않은 시간 동안 이야기를 나눈 것뿐인데도 마치 몇 년 동안 서로를 알아온 것만 같았다. 작별 인사로 다시 한 번 희망을 잃지 말고 긍정적으로 힘을 내라고 전하고 꼭 안아드렸더니 아주머니는 결국 눈물을 흘렸다. 그 뜨거운 눈물이 내 가슴에 느껴졌다.

크리스마리와 앨리스도 작별인사를 마치고 떠나려고 하는데 도저히 발이 떨어지질 않았다. 아주머니와 눈이 마주치니 자연스럽게 다시 한 번 꼭 포옹을 하게 되었다. 그 때 아주머니가 내 귓가에 한 그 말은, 내 평생 잊을 수 없는 한 마디가 되었다.

"동훈, 널 절대 잊지 못할 거야!"(Dong, I will never forget about you).

"저도 남은 기간 동안 아주머니를 생각하며 자전거를 타겠습니다. 늘 기도할 거예요."

마지막까지 떠나는 나를 보며 그녀는 웃는 얼굴로 손을 흔들었다.

"이번 생에 다시 만나지 못하면 천국에서 꼭 만나!"

빌 할아버지와의 대화도 잊을 수 없겠지만, 아주머니의 그 한 마디는 내 가슴 깊이 새겨졌다. 분명 이 횡단은 내 인생을 바꿀 중요한 사건이 될 거라고 굳게 믿었다. 그러나 내가 이 일을 함으로써 다른 누군가의 인생에까지 큰 영향을 끼칠 수 있으리라고는 미처 생각지 못했었다.

나와 크리스티 아주머니가 다시 만날 수 있을지, 아니면 그녀가 말했던 것처럼 천국에서 만나게 될지는 모르겠다. 그러나 다시 만날 수 없다고 하더라도 서로 포옹하며 강하게 느꼈던 그 깨달음을 나는 늘 잊지 않고 살아갈 것이다. 희망을 버리지 않고 강한 정신으로 나아가면 긴 터널의 끝에는 반드시 빛이 있다는 사실을.

● 세인트루이스의 워싱턴대학교. 70일 동안 묵었던 숙소 중 최고였다

그들의 고통스런 시간을 떠올리면…

캔자스주에 들어선 26일째부터 40도를 웃도는 더위가 계속해서 이어졌다. 사방에 그늘이라곤 찾아볼 수 없었고 계속해서 황색 평지였다. 캔자스주가 가장 힘든 곳이 될 수 있다는 졸업생들의 말이 떠올랐다. 지루한 평지, 더위와의 싸움이었다.

그늘 없이 태양과 싸워야 하는 오후 시간. 팀원들 중에는 탈수에 일사병으로 병원에 실려 가는 친구들이 하나둘 나오기 시작했다. 햇빛에 장시간 노출된 내 허벅지에는 빨갛게 땀띠가 났다. 그렇게 캔자스주에서는 우리 모두에게 하루의 휴식이 절실하게 필요했다. 다행히 31일째에

'서비스데이'가 있어 우리는 그 날만을 고대하며 하루하루를 버텨갔다.

30일째, 우리는 살리나(Salina)라는 도시에 도착했다. 우리는 그 도시에 있는 태미 워커 암 센터(Tammy Walker Cancer Center)라는 곳에 가 다음 날인 서비스데이에 봉사 활동을 하기로 했다.

저녁 시간이 다 되어 숙소에 도착한 우리는 암 센터에서 저녁을 준비해주셨다는 소식을 듣고 그곳으로 향했다. 암 센터 직원들은 물론이고 그곳에서 치료를 받는 환자들, 그리고 완쾌를 해서 이제는 암 센터에서 자원봉사를 하는 분들이 초대되어 자리를 함께했다.

내가 앉은 테이블에는 2년 전에 유방암 진단을 받았고, 지금은 완쾌된 스테파니(Stephanie)와 그녀의 여동생, 케이셔(Keysa)가 있었다. 스테파니는 내가 만난 그 누구보다도 삶에 대한 긍정적인 자세를 가지고 있는 사람이었다. 저녁 식사 내내 그녀와 이런저런 이야기를 하다가, 암 투병 중 가장 힘든 점이 무엇이었는지 물어보았다.

"솔직히 항암 치료는 그다지 힘들지 않았고, 암이랑 싸우는 과정도 견딜만 했어요. 저에게 가장 힘들었던 것은 당시 고등학교 1학년이 되는 여동생, 케이셔를 지켜보는 일이었죠. 아픈 제 옆을 지키며 많이 힘들었을 거예요."

스테파니가 항암치료를 받을 때, 여동생이 집안일은 물론 그녀의 뒷바라지를 다 해주었다고 했다. 부모님은 일에 바빠 여동생이 그녀의 보호자 역할을 했다는 것이었다.

"아마도 제 여동생이 암에 걸린 저보다 훨씬 힘든 2년의 시간을 보냈을 거예요. 열심히 저를 돌봐준 여동생에게 너무 고마워요."

케이셔도 그동안 힘들었던 시간이 떠올랐는지 애써 눈물을 참고 있었다. 이 자매를 보고 있자니 가슴속 한구석이 저려왔다.

'어머니가 힘들게 암과 싸우고 있을 때, 어머니 옆에서 케이셔처럼 힘이 되어 드렸어야 했는데.'

이제는 완쾌해 이곳저곳으로 봉사 활동을 다니며 지내는 스테파니를 보니 이것이 진짜 인간 승리라는 생각이 들었다. 대단한 일이 아닌 것처럼 말했지만, 항암 치료를 2년 동안 받는다는 것은 상상할 수 없을 만큼 힘든 일이다. 건강하고 긍정적인 자세를 가진 그녀는 지난 2년간 자신을 도와주었던 봉사자들의 은혜에 감사하며 앞으로 자신도 쭉 봉사 활동을 하며 살 것이라고 말했다.

다음 날 우리는 어제 저녁을 먹었던 암 센터로 향했다. 우리가 도착한 작은 건물은 2층으로 되어 있었는데, 1층은 암 환자들이 매일 와서 항암 치료를 받는 곳이었고, 2층은 암 진단 센터였다.

우리는 팀을 나누어 항암 치료자 대기실이 있는 1층에서 암 환자들과 대화하는 시간을 가졌다. 항암 치료를 받기 위해 기다리는 환자들과 어떤 이야기를 해야 할지 잔뜩 걱정을 하며 대기실로 들어섰다. 하지만 이

● 봉사 활동을 했던 태미 워커 암 센터. 우리를 환영하는 배너가 걸려 있다

게 웬일. 그곳 분위기는 내가 생각했던 것과는 전혀 달랐다. 엄숙하고 암울한 분위기를 예상하고 들어갔는데 그곳에 앉아 있는 환자들과 가족들의 얼굴에는 웃음이 가득했고 즐겁게 대화를 나누고 있었다. 그리고 우리에게 어떤 일을 하고 있는지 물으며 이런저런 농담과 함께 먼저 말을 걸어왔다.

"내가 조금만 어렸어도 너희들이 하는 일쯤이야 식은 죽 먹기로 할 수 있었을 텐데… 정말 아쉽다. 나도 항상 자전거로 미국 횡단을 해보고 싶었거든."

한 환자가 말을 하자 다른 환자가 바로 맞받아친다.

"나도 그렇게 활동적인 일을 해보고 싶지만 아무리 어린 나이였어도 절대 이런 건 못할 것 같은데? 너희들은 참 대단하다."

대화를 하고 있는 도중 간호사가 들어와 한 환자의 이름을 불렀다. 나는 환자의 반응이 어떨까 걱정된 얼굴로 쳐다보았다.

"와! 오늘은 내가 당신들보다 먼저 치료실에 가네!"

정말이지 너무나 당당히, 씩씩하게 치료실쪽으로 걸어가는 것이 아닌가. 정말 상상하지 못했던 광경이었다.

다른 팀원과 교대를 해서 이번에는 2층으로 올라갔다. 2층은 암 진단을 받으러 온 사람들로 가득 차 있었다. 우리가 들어서자 그곳에 있던 사람들은 우리를 이상할 정도로 빤히 쳐다보기만 했다. 1층과 다르게 먼저 말을 거는 사람도 없었다. 또 먼저 다가가 대화를 하자니 암 판정을 기다리는 심정에 무슨 이야기를 하고 싶겠나 생각하니 그럴 수도 없었다. 괜히 폐를 끼치는 것 같아 우리는 바로 1층으로 내려갔다.

이미 암에 걸려 고통스런 치료를 받고 있는 환자들의 놀랍도록 밝은 모습에 실로 충격을 받았다. 그동안 내가 생각했던 암 환자의 모습과는 완전히 다른 모습이었기 때문이다.

그분들을 보면서 다시 한 번 느꼈다. 우리가 일상에서 겪는 별 것 아닌 작은 일에도 얼마나 얼굴을 찡그리며 반응하고 있는지. 그분들이 매일 겪어야 할 고통에 비하면 아무것도 아닌 일에도 늘 따라붙었던 불평들을 생각하니 부끄러워졌다.

조금만 생각을 바꾸어 나에게 생긴 일을 대한다면, 마음의 관점을 조금만 달리하여 긍정적으로 살아간다면, 삶이 더 의미 있고 충만해질 것이라는 생각이 들었다. 무엇보다 인생은 얼마나 더 흥미진진한 것이 될 것인가!

따뜻함, 아직은 살 만한 세상이다

35일째, 오늘은 내가 호스트 차 당번이 되어 운전대를 잡는 날이었다.

캔자스주에 있는 동안은 최대한 일찍 출발해서 더워지는 오후 시간을 한 시간이라도 줄여보자는 생각에 평소보다 서둘렀다.

오늘 점심과 저녁은 다 해결되어 있었다. 점심은 어제 머문 숙소에서 싸준 음식을 먹기로 했고 저녁은 우리가 오늘 저녁에 머물 숙소 교회에서 제공해주기로 되어 있었기 때문에 오늘의 호스트 차 당번인 나는 점심과 저녁을 구하러 다닐 필요가 없었다. 그렇게 호스트 차량 운전을 맡은 나와 크리스마리, 그리고 부상을 입어 차를 타고 다음 숙소까지 이동하게 되는 앨리스와 아나까지 넷이서 차량에 탑승해 숙소로 향했다.

가는 도중 크리스마리는 분필로 땅에 방향을 표시하는 역할을 맡았다. 이제 네 번째로 운전을 하게 된 나는 15인승 밴 운전에 제법 능숙해져 있었다.

우리는 목적지로 가는 도중에 대형마트에 들르기로 했다. 거의 매일 같이 피자, 햄버거 등의 패스트푸드만 섭취했기 때문에 팀원들에게 과일과 야채를 제공해주고 싶은 마음이 있었기 때문이다. 제발 기부가 성사되기를 바라는 마음으로, 마트에 들어가서 종업원에게 매니저와 이야기할 기회를 달라고 했다.

그렇게 약 10분을 기다렸을까, 저쪽에서 30대쯤으로 보이는 건장한 체격의 남자가 내 쪽으로 다가오며 "무엇을 도와드릴까요?"라고 물었다. 이에 나는 그의 눈을 똑바로 바라보며 자신감 있는 목소리로 답했다.

"안녕하세요, 이렇게 시간을 내주셔서 감사합니다. 저는 이동훈이고 〈4K For Cancer〉라는 비영리단체의 일원입니다. 저희는 29명의 20대 청년들로 볼티모어부터 샌프란시스코까지 자전거로 횡단 중에 있습니다. 저희가 이렇게 자전거를 타는 목적은 암 환자들에게 희망을 주고 직접적으로 경제적, 정신적 도움을 주기 위해서입니다. 오늘은 횡단을 시작한 지 35일째 되는 날이고 목적지인 시러큐스(Syracuse)로 가는 길에 혹시 이곳 마트에서 기부를 해주실 수 있는지 여쭈어보려고 이렇게 들어왔습니다."

단체에 대한 설명과 자초지종을 이야기하는 내내 매니저의 얼굴에는 미소가 가득 차 있었다. 조금 더 개인적인 이야기를 그와 공유하고 싶은 마음에 나는 계속해서 말을 이었다.

"제가 이 여행을 시작한 이유는 6년 전 갑상선암으로 투병 생활을 하셨던 어머니 때문입니다. 지금은 완쾌되어 건강하게 지내고 계십니다. 저희 29명은 각자 이 단체에 참여한 분명한 이유와 비전과 목표를 가지고 하루하루 힘차게 샌프란시스코를 향해 나아가고 있습니다. 순서대로 돌아가며 이렇게 음식 기부를 받는 일을 하고 있는데 오늘은 저의 순번이고요. 매일 패스트푸드만 먹는 팀원들에게 과일을 주고 싶은데 혹시 매니저님께서 저희에게 기부해주실 수 있으십니까?”

그러자 그 매니저가 대답했다.

“우리 가게는 원래 이렇게 즉흥적으로 기부한 적이 없는데 동훈 씨의 이야기를 들어보니 조금이나마 그 일에 도움이 되고 싶네요. 많은 돈은 아니지만 50달러짜리 상품권을 드릴게요. 사고 싶은 것을 그 상품권으로 사 가시면 됩니다.”

그렇게 해서 우리는 팀원들에게 줄 싱싱한 과일을 양껏 살 수 있었다.

이날뿐만 아니라 우리에게 작지만 큰 도움을 준 소중한 인연이 여러 번 있었다.

12일째에 물 차를 운전할 때였다. 과일을 파는 한 할아버지 옆에 팀원들이 물을 채우고 간식을 먹을 수 있는 휴식 공간을 잡고 있었다. 매일같이 자신의 트럭 옆에 앉아 이런저런 과일을 팔던 할아버지께서 우리 팀원들에게 과일을 나누어주셨다. 과일을 봉지에 싸주신 것은 물론이고 자신이 오늘 일해서 번 돈을 ‘많지는 않지만…’ 하면서 잔돈을 주섬주섬 꺼내 우리에게 몽땅 기부해주셨다. 당신도 그렇게 넉넉하지 않은 삶일 텐데… 하루종일 고생해서 번 돈을 우리에게 선뜻 내어주셨던 할아버지의 따뜻한 마음에 크게 감동했던 날이었다.

미국에는 한국 음식점을 운영하고 있는 분들이 정말 많았다. 우리가 지나가는 곳에 한국 음식점이 보이면 들러서 기부를 여쭈어보곤 했는데, 거절당한 적은 단 한 번뿐이었다. 특히 한국인인 나나 경인이가 들어가면 언제나 더 반갑게 맞아주고 많은 음식을 주시곤 했다.

이렇게 음식이나 현금 기부를 받을 때엔, 정말 뭐라 말로 표현할 수 없을 정도로 감사한 마음이 들었고 이 마음을 나 또한 언제든지 다시 다른 이들에게 갚으리라는 생각에 가슴이 벅차올랐다. 그리고 세상에는 따뜻한 사람들이 정말 많이 있다는 것도, 절실하게 깨달았다. 알다시피 요즘 세상 돌아가는 이야기를 듣다보면 정말 상상하기조차 힘든 잔인하고 비인간적인 소식 또한 많이 듣게 된다. 하지만 결코 뉴스에서 나오는 그런 이야기들만 일어나는 세상은 아니라는 것. 그것들은 극히 일부이고 아직 우리가 살아가는 이곳은 마음씨가 따뜻한, 정말 나눔을 실천하며 살아가는 사람들이 더 많다는 것을.

내가 70일 동안 직접 만났고 보았고 경험했기 때문에, 이것은 분명한 사실이었다. 이런 많은 분들의 도움은 쉽게 잊혀지지 않을 것이다. 나 또한 받은 만큼의 감동과 감사를 다른 누군가에게 더 크게 베풀어야겠다는 생각을 강하게 했고, 그 마음이 세상의 온도를 조금 더 높일 수 있을 거라는 믿음 또한 강해졌다.

스물아홉 개의 젊음, 스물아홉 가지 색깔

이런 뜻깊은 일을 하겠다고 모인 친구들인데, 팀원들 중 어느 것 하나 멋지지 않은 삶이란 없었다.

만 28살의 나이로 물리치료사 일을 하며 사회 경험이 꽤 있는 친구부터 대학교 1학년을 이제 막 마친, 18살의 어린 친구까지 가지각색의 이야기를 가지고 있는 모두에게는 배울 점이 정말 많았다.

우리 팀에 참가한 최고령자 형, 우리 리더의 이름과 같은 28살의 패트릭. 물리치료사로 일하다가 이 여행을 하기 위해 당당히 직장을 그만둔 배짱 두둑한 형이었다. 그는 어떤 일이 있어도 평상심을 유지하는 것이 큰 특징이었다. 정말 어떤 상황에서도 흔들림 없이 계속해서 침착한 모습을 보여주었다. 우리 중에 가장 많은 경험을 한 그에게 우리는 고민거리나 힘든 점을 쉽게 털어놓을 수 있었다. 리더는 아니었지만 실질적으로 그의 품성에 감탄하여 그에게 자문을 구하는 팀원들도 꽤 있었다.

그런 그의 성격은 자전거를 탈 때도 나타났다. 그와 같은 그룹으로 탈 때 느낀 점인데 그는 초반부에 살짝 느리다 싶을 정도로 속도를 약하게 냈다. 그러나 놀랍게도 완주할 때까지 이 속도를 유지했기 때문에 후반부에는 오히려 그와 속도를 맞추기 힘들 정도였다. 나도 비교적 꾸준한 태도로 살아가려고 노력하는 사람인데, 형은 정말 대단했다. 결국엔 그리 빠르지 않지만 꾸준히 나아가는 자가 결승점에 가장 먼저 도달하게 된다는 진리 중의 진리. 나는 그것을 패트릭형을 통해 똑똑히 보았다.

또 우리 팀에 없어서는 안 될 존재인 피터. 중국계 미국인인 그는 정말 박학다식하면서도 자신이 하고자 하는 것 또한 특출나게 잘하는 아는 멋진 친구였다. 우리의 자전거에 이상이 생기면 우리는 피터에게 가져갔고 그가 고칠 수 없었던 적은 단 한 번도 없었다. 29대의 자전거 생명이 그의 손에 달려 있는 것이나 마찬가지였다. 피터는 한 번도 싫은 내색을 하지 않고 우리의 자전거를 수리해주었다. 다음 날을 위해 최대한 잠자리에 일찍 드는 것이 얼마나 중요한지 잘 알고 있었지만 우리의 자전거에 문제가 있을 때면 피터는 늘 웃는 얼굴로 램프와 장비를 가지고 와 조용히 수리를 해주었다.

그는 항상 얼굴에 미소를 띠고 있었기 때문에, 그에게 다가가는 모든 이에게 웃음을 주었고 누구라도 허물없이 그에게 다가갈 수 있었다. 자전거만 고쳐주는 것이 아니라 원리를 설명해주며 '이렇게 고장난 것은 이런 식으로 고치면 된다'는 등 설명을 해주며 우리에게 자전거에 대해 친절히 알려주기도 했다.

피터는 사진 또한 무척 잘 찍어서 70일간 우리 팀의 단체 사진부터 개인 사진까지 도맡아 찍어주었다.

항상 웃는 얼굴로, 모두에게 없어서는 안 될 존재가 되는 것. 이것은 조직에 속해 살아가야 하는 사회인에게 필요한 사항이 아닐 수 없다. 이들이야말로 '능력자'라 불릴 만하다.

이제 막 대학교 1학년을 마치고 이 활동에 참여한 크리스는 어린 나

● 콜로라도의 멋진 경치 앞에서. 샌프란시스코 팀 멤버들과 함께

이답지 않게 꽤 성숙하고 철이 든 친구였다. 나를 비롯한 팀원들은 70일 동안 크리스가 화를 내거나 짜증내는 것을 단 한 번도 본 적이 없었다. 정말 긍정적인 친구였다. 나 또한 평소에 화내는 일 없이 늘 긍정적으로 웃으며 사는 낙천적 성격이라고 자부하는 편이었지만, 이 친구만큼은 아니었다.

한번은 거의 30km로 이어지는 비포장 도로를 달릴 때였다. 자갈과 돌로 가득 찬 이 도로에서 수많은 팀원들이 넘어지고 몇 명의 바퀴에 펑크가 났다. 손까지 저려오는 도로가 끝나자마자 나는 "여기처럼 끔찍한 도로는 없었어! 다시는 이 도로에 돌아오고 싶지 않아"라고 불평 조로 이야기했는데 먼저 도착해 있던 팀에서 나나(Nana)가 이렇게 얘기했다.

"동훈이가 불평하는 것을 여태까지 본 적이 없는데, 그렇게 불평하는 것을 보니 진짜 힘들긴 했나 보구나."

이 말을 듣는 순간 뒤통수를 뭔가로 맞는 듯한 느낌을 받았다.

'내가 무심코 내뱉는 부정적인 한 마디가 나는 물론이고 주위에 있는 사람들에게까지 적지 않은 영향을 끼치는구나.'

생각해보니 그랬다. 우리 중에는 하루도 빠짐없이 불평을 입에 달고 사는 팀원들이 몇 명 있었는데, 나중에는 그 친구들이 불평을 시작하면 자연스레 그 자리를 뜨게 되었다. 처음에는 그들을 위로하려 했지만 그것이 매일 반복되다보니 듣는 이들마저 덩달아 힘들어졌기 때문이다.

그 친구가 떠올라 나는 곧장, 나나에게 가 불평을 한 것에 대해 사과했다. 그리고 주위에 내 말을 들은 팀원들에게도 내가 경솔하게 내뱉은 말을 잊어달라고 부탁했다. 그들에게 잘 보이기 위해 그런 것이 아니라, 나의 한 마디로 그들의 기분과 팀 분위기를 해친 것에 대한 사과였다. 또 힘든 시간을 보내고 있는 암 환자들에 대한 사죄였고 뜻깊은 일에 임하고 있는 내가 이런 불평을 하면 안 된다는 뉘우침이었다.

4K에 지원하면서 스스로에게 약속하지 않았던가? 매 순간을 즐기며 팀원들 사이에서 윤활유 역할을 하겠다고. 7000km를 주행하는 동안 매일 즐겁지만은 않을 것을 분명히 알고 임한 도전이었다. 힘든 경험이

될 것이라 각오하고 시작한 일이었다. 그런데 그깟 힘든 도로를 지났다고 불평을 내뱉는 모습은 내가 밀고 왔던 좌우명에 너무 모순되는 것이 아닌가. 이런 경험을 통해 나는 암 환자의 고통을 조금이라도 깨달을 수 있었다. 그러니 학습과 같은 경험에 외려 감사해야 했던 것이다.

이쓴이라는 친구는 항상 자신의 일을 먼저 끝내놓고(혹시 자신의 일이 안 끝났을 때에도) 늘 누군가를 도와주는 친구였다. 나보다 3살이나 어린데 내가 여행 내내 늘 본받고자 노력했던 친구다.

우리는 5시 30분에 기상해서 6시까지는 짐을 다 싸 가방을 호스트 차 앞에 가져다두어야 했다. 그러면 그날 호스트 차량을 운전하게 된 팀원들이 가방을 차에 실었다. 그런데 이쓴은 거의 매일 아침 자신이 호스트 차량을 운전하지 않는 날도 가방을 차에 넣는 것을 도와주었다. 그 시간에 나머지 팀원들은 아침을 챙겨먹고 자전거 바퀴에 바람을 넣거나 하며 개인 출발을 준비하기에도 분주했다. 그런데도 그는 베이글을 입에 문 채 아침 식사를 제대로 못 하는 한이 있어도 굳이 나서서 가방을 차에 싣는 일이나 다른 팀원들을 도와주는 일을 하기에 바빴다. 때때로 그의 모습이 보이지 않으면 우리가 머무는 숙소 화장실에 가서 청소를 하고 있기도 했다.

하루는 그에게 왜 그렇게 굳은 일을 도맡아서 하냐고 넌지시 물은 적이 있었다.

"이쓴, 너는 왜 그렇게 항상 나서서 남부터 도와주고 헌신하는 거야? 무슨 특별한 이유가 있어? 전부터 정말 궁금했거든."

그러자 그는 별것 아니라는 듯 웃으며 대답했다.

"특별한 이유는 없어. 부모님께서 어렸을 때부터 나를 그렇게 키워 오셨기 때문에 버릇이 되어서 그런 것 같아. 그리고 서로 도우면 일을 빨리 끝내고 다 같이 쉴 수 있으니 좋잖아?"

그의 대답을 듣고 나니 그가 더 존경스럽게 느껴졌다. 나 또한 그처럼 팀을 위해 보이는 곳, 보이지 않는 곳에서 헌신하면서 남은 기간을 보내야겠다고 다짐했다. 그것이 생각처럼 쉬운 일은 아니었지만 그에게 동기부여를 강하게 받은 나는, 하루에 한 번이라도 이것을 행동에 옮기기 위해 의식적으로 노력했다. 일부러 챙기고 생각을 해서 팀을 위한 일을 하고 보니 오히려 '내가 누군가에게 도움이 되는 일을 했어!'라는 생각에 뿌듯하고 기분이 좋아, 내가 도움을 받은 때보다 마음이 더 가볍고 날아갈 것 같았다. 늘 솔선수범하여 나에게 절대적으로 긍정적인 영향을 준 이쓴에게 나는 이번 여행의 MVP를 주고 싶다.

70일 동안 팀을 위해 늘 헌신하고 앞장선 그에게 따뜻한 박수를 보낸다.

4장

매 순간이 내 인생의
신기록이었음을

자전거 두 바퀴로 구름 위를 오르다

콜로라도주에 접어든 지 5일째.

드디어 로키산맥이 보이기 시작했고 바로 어제부터 등정이 시작됐다.

어제는 로키산맥 맛보기였다면, 오늘부터는 본격적으로 산을 타야 했다. 출발은 여느 때보다 빠른 새벽 5시 30분. 목적지까지 거리는 120km 정도였지만 아무래도 산을 넘어가는 데는 시간이 두세 배로 걸리기 때문에 그만큼 출발을 서둘러야 했다. 또 콜로라도에 들어선 3일째부터 매일같이 오후 3~4시만 되면 천둥 번개가 쳤기 때문에 우리는 그 전에 숙소에 도착하는 것이 좋았다.

4시 30분에 일어나 부지런히 준비를 하고, 춥지만 상쾌한 '로키산맥에서의 아침 식사'를 했다. 우리가 머문 숙소는 에스테스 파크(Estes Park)라는, 콜로라도에서 유명한 피서지에 위치한 학교였다. 학교가 산에 위치해 있어서 우리는 시작부터 큰 경사가 있는 오르막길과 내리막길을 맞이했다. 산의 이슬 때문인지 도로가 젖어 있어 내리막길에서 특히 조심하며 내려가야 했다.

조금 더 가자 우리 앞에 웅장한 산맥들이 서서히 그 모습을 나타내기 시작했다. 에스테스 파크에는 호수가 있었는데 그 호수와 사방을 둘러싼 산맥의 절경은 정말이지 내가 태어나서 한 번도 보고 느껴보지 못했던 '경이로움' 그 자체였다.

나는 카메라에 담기 힘든 이 장면을 내 눈으로 보고 마음과 머리에 새기려 애썼다.

이른 아침부터 호수 주변을 따라 조깅을 하는 사람들이 종종 보였다. 이 시간에 나와 조깅이라니! 근처에 사는 사람들임에 분명했다. 매일같이 이 황홀경 속에서 조깅할 수 있다니, 그들이 무척 부러웠다.

그렇게 에스테스 파크를 지나 20km를 더 가니 미국에서 자동차로 갈 수 있는 곳 중 가장 높은 해발 3595m의 '트레일 릿지 로드(Trail Ridge Road)'가 나왔다. 이곳의 입구는 로키산국립공원의 입구이기도 했다. 약간의 긴장과 함께 들뜬 마음으로 우리는 2인 1조로 나뉘어졌다. 정상까지 차로 오르는 사람들도 많기 때문에 아무리 일렬로 올라간다고 해도 5명이나 6명이 자전거로 올라가고 있으면 좁은 도로에서 내려오는 차량과 엉켜 위험할 수 있기 때문이었다.

입구부터 정상까지 약 31km의 거리였다. 이 31km를 오르는 데만 걸린 시간은 장장 4시간.

처음 5km 정도는 그리 힘들지 않았다. 그러나 나머지 25km 구간은 거의 계속해서 오르막길이었다. 이전까지의 경사도와 비교하면 그렇게 가파르지는 않았지만 25km나 되는 오르막길을 계속해서 오른다는 것은 결코 쉽지 않았다. 경사도가 크지만 짧은 언덕들은 한 번에 힘을 부쳐 올라가면 되는데, 이렇게 긴 오르막길을 오를 때는 힘 분배를 요령껏 해야 했다.

올라가면 올라갈수록 점점 더 숨 쉬기는 힘들어졌고, 다리에 들어가는 힘은 1km마다 배가 되는 느낌이었다. 입구 부근에서는 선선하니 딱 좋은 날씨였는데 조금씩 올라갈수록 기온이 급격하게 떨어지고 있었다. 그렇게 고도 3000m가 넘어가자 숨 쉬는 것조차 차츰 힘들어지고 호흡이 가빠졌다.

나는 크리스마리와 같은 조였다. 우리는 고도가 높아지자 약 5분에서 10분 정도 자전거를 타고 2~3분 정도 휴식을 취하는 방식을 택했다. 날씨가 너무 추워 오래 쉴 수도 없었다.

끝날 것 같지 않은 오르막길을 올라가는 도중에 한 표지판이 보였다.

'해수면으로부터 2마일 되는 지점.'

2마일이면 3218m(참고로 한라산은 1947m이다). 3000m가 넘는 이

● 해수면으로부터 2마일 되는 지점에 서 있다

말도 안 되는 높이까지 우리가 자전거만으로 오른 것이다! 스스로 생각해도 정말 대단하게 여겨졌다.

고도 0m인 볼티모어 대서양 바닷가에서부터 여기까지 온 내 자전거 뒷바퀴를 만져보았다. 정확히 41일 전, 야심찬 목표를 가지고 이곳까지 오면서 일어났던 일들과 만났던 사람들이 갑자기 필름이 돌아가는 것처럼 주르륵 지나갔다. 아직 7000km를 완주한 것이 아니었지만 표지판의 '2마일'이라는 글자에 새삼 현재 내가 여기 있다는 게 믿기 힘들 정도로 기적 같이 여겨진 것이다.

이제 정상까지 400m만 더 올라가면 된다! 높이가 400m라는 것이 거리상으로는 어느 정도나 되는지 알 수는 없었다. 우리는 달렸다. 어느덧 정상에 다다랐을 때, 우리의 자전거 바퀴 아래에 구름이 있었다. 우리는 구름 위에 올라서 있는 것이었다.

자전거를 조금 더 타고 산 건너편으로 가보니 관광객들이 많이 몰려 있는 관측 포인트가 보였다. 반대편으로 넘어오자 춥고 안개 꼈던 날씨는 온데간데없고 약간 쌀쌀한 정도에 햇빛이 비추고 있었다. 이제는 내려가는 길만 남았다고 생각하니 정말 기분이 날듯이 가볍고 편안했다. 미국에서 가장 높이 있는 도로를 자전거로 등반했다는 성취감이 밀려오기 시작했다.

나는 구름 위에 서 있었다. 내 다리와 자전거 바퀴 아래에 무대 위의 스모그 같은 흰 연기가 자욱하고 고요하게 깔려 있었다.

그리고 지난 40일간, 단 한 번도 돈이나 명예와 같은 세속적인 것들에 대해 고민하거나 내 사고의 중심에 놓은 적이 없었다는 것을 문득 깨달았다. 그저 내게 필요했던 것은 페달을 돌리다가 잠시 시원하게 쉴 수 있는, 그늘이 있는 큰 나무뿐이었으니까. 지난 40여 일 동안 나는 나무 그늘 하나, 시원한 물 한 모금, 지나치는 사람들의 작은 응원에 깊이 감사하고 뛸 듯이 기뻐하며 지내왔다.

그 이전에 나는 어떻게 살아왔을까. 내 주변의 이런 축복과도 같은 것

들에 감사한 적이 있었던가? 당연하다는 생각조차 하지 않았던 날들이
었다. 물질적인 것, 남들에 의해 평가되는 수치들에 얽매여 내 주위에 있
는 사소하지만 당연하지 않은 것들에 대해 감사함을 느끼지 못하고 살
아왔던 것이다.

건강도 마찬가지. 평소에 아픈 곳이 없을 때는 내가 건강한 것을 자각
하지 못했다가, 어디 한군데라도 조금 불편하면 그때서야 아프지 않았
을 때를 생각하며 '아, 그땐 이렇게 할 수 있어서 좋았는데'라며 건강의
소중함을 잠시 갈구했다. 다시 건강해졌을 때는 당연한 듯 그것을 잊는
패턴을 반복하면서.

자연의 웅장함 앞에 나는 지금껏 살면서 해보지 않았던 생각을 하고
있었다. 문득 주변을 둘러보니 관광객들이 우리를 신기하게 쳐다보고
있었다. 그도 그럴 것이 자전거를 타고 이 높은 곳에 올라왔으니 말이다.

우리도 사진을 찍기 시작하자 우리를 둘렀던 울타리가 해제된 듯 몇
몇 관광객들이 우리에게 다가와 무슨 일을 하고 있는지 묻기 시작했다.
세계 각지에서 온 관광객들에게 우리의 사명과 비전을 알릴 수 있는 절
호의 기회였다! 남아공에서 온 아주머니, 프랑스에서 온 아저씨와도 우
리가 하는 일에 대해 얘기했다. 그분들은 우리가 하고 있는 일에 박수를
보내며 응원의 메시지를 전했다. 오늘의 성취감과 희열을 그들과 공유
하고 나누었다는 기쁨에 마음이 더욱 따뜻해졌다.

목표를 향해 갈 길이 있는 우리는 그곳에서 더 오래 머물지 못하고

잠시 뒤 다시 자전거에 올라탔다.

내가 오른 이 산의 의미

어제가 이번 여행 중 가장 힘든 날이라고 믿었던 내 생각은 이틀 만에
바뀌었다. 첫 번째로 대륙 분기선을 넘는 44일째에 나는 고산병으로 말
로 다 할 수 없는 고생을 하게 된 것이다.

오늘 올라야 하는 산의 정상은 3518m에 달하는 높은 곳이었다. 이
틀 전에 오른 3595m와 거의 맞먹는 높이였는데 '가장 높은'이라는 수
식어가 붙지 않아서 그랬는지 나는 속으로 '그저께 이것보다 더 높은 곳
을 정복했는데 오늘은 조금 쉬엄쉬엄 해도 되겠지'라고 긴장을 풀고 있
는데, 그게 아마 독이 되었던 것 같다.

콜로라도주에서 아주 유명한 스키장인 브렉켄리지(Breckenridge)를
지나자마자 오르막길이 시작되었다. 그저께 올랐던 오르막길보다 조금
더 경사가 있어서였는지 유난히 피곤함이 빠르게 찾아오는 듯했다. 나
는 계속 다리에게 '이제 힘 좀 써보자'라고 했지만 몸이 마음을 전혀 따
라주지 않았다.

고도 3000m를 넘어서면서부터 그저께 느꼈던 것보다 훨씬 심하게
몸 이곳저곳이 불편하게 느껴지기 시작했다. 메스꺼움과 어지러움, 그리
고 두통이 나를 괴롭혔다. 햇볕은 강하게 내리쬐는데 바람이 꽤 심하게

● 대륙 분기선을 지나며

부는 날씨 때문에 땀이 나도 바로 증발했기 때문에 묘하게 추운 상황이었다. 어쩔 수 없이 가지고 있던 유일한 긴팔인 우비를 입고 오르막길을 올랐다.

약 5분 간격으로 계속 멈춰 서 자전거에서 내려 눈을 감고 휴식을 취해야만 했다. 이렇게 심하게 고산병으로 고생한 적이 한 번도 없었는데……. '왜 이러지. 이러다가 쓰러질 것 같은데…'라는 걱정에 사로잡혀 정신이 혼미해지는 것 같았다.

주행 시작 후 처음으로 여기서 멈출지도 모른다는 생각이 들었다. 그토록 가파른 경사의 독수리산에서도 이렇게까지 힘들지는 않았었다.

오늘은 포기하느냐 마느냐의 문제가 아니었다. 쓰러지지 않고 갈 수 있느냐의 문제였다. 내 의지나 정신력의 범주를 벗어난 일이었다.

정신적으로 준비가 되어 있지 않아서 그랬는지 앞으로 달려야 할 길을 생각할수록 답답했다. 그래도 우리 팀에서 강한 편에 속하는 내가 여자 팀원인 크리스마리도 잘 올라가는 곳에서 흔들리고 있었다. 물론 그녀는 여자 팀원들 중 가장 강한 친구이긴 했지만… 그녀에게 괜히 미안한 마음이 들어 나를 기다리지 말고 먼저 올라가라고 했다. 그러나 그녀는 절대 내 곁을 떠나지 않고 내가 멈춰야 할 때마다 함께 멈춰 서주었다.

"급할 것 하나 없어. 네가 편해지면 다시 이동하고 힘들면 다시 쉬고, 그렇게 가면 돼."

나를 생각해주는 크리스마리에게 고맙기도 하고 나 때문에 느린 속도로 산을 올라가게 되어 미안한 마음도 들었다. 하지만 그녀는 전혀 싫은 내색을 하지 않고 산을 올라가는 내내 잘하고 있다며 계속해서 응원을 해주었다.

계속되는 어지러움, 메스꺼움 속에서 페달을 밟다가, 고개를 들어 주위를 보니 정상에 거의 다 온 것 같았다. 다시 힘을 내어 앞을 보고 가는데 저 위에 까만 형체 하나가 우리 쪽을 향해 내려오고 있었다. 다름 아닌 팀원이자 친구인 경인이었다. 나와 크리스마리가 하도 올라오지 않자 걱정이 되어 우리 쪽으로 내려오고 있던 것이었다. 그렇게 경인이와 크리스마리의 응원과 격려에 힘입어 나는 모든 힘과 인내심을 발휘해 페달을 힘겹게 밟아 나갔다.

그러다 저 위에 멀리 정상을 보니 우리 팀 전체가 마지막으로 올라오는 우리 둘을 위해 쭉 서 있는 것이 보였다. 점점 가까워지니 한두 명씩 언덕을 뛰어내려와 박수를 치며 우리가 마지막까지 힘을 내어 올라갈 수 있도록 격려해주었다.

드디어, 정상에 다다르자 모든 팀원들이 우리 둘에게 너무나 잘했다면서 여기저기서 나타나 하이파이브를 해주고 숨을 거칠게 내쉬고 있는 나를 꽉 껴안아주었다. 처음이 아닌, 어쩌면 지금까지 완주한 날이면 매번 이어져왔던 행동들이었지만, 또 다른 감동으로 다가오는 축하의 몸짓이었다. 자신과의 싸움으로 고생한 하루를 서로 다독여주는 포옹과 승리의 하이파이브.

그리고 내가 올라온 저 편을 바라봤다. 당장이라도 지쳐 쓰러질 것 같은 상황을 극복하고 결국 올랐다. 내가 오른 이 산은 암 환자들과 그들의 가족들이 싸워야 할 그것과 같았다. 그리고 정복한 이 정상에서 기쁜 마음으로 내려갈 길은 암 환자들과 그 가족들이 고통과 장애물을 이겨내고서 얻은 안도와 감사의 앞날과 같은 것이었다.

나는 오늘 하루 역시, 마음에 깊이 새기고 있는 그들의 고통을 나누어 느끼고 있었다.

● 로키산맥을 바라보며

내리막길의 짜릿함을 느낄 자격

오늘은 두 번째 대륙 분기선을 넘기로 예정이 되어있는 45일 째다.

어제 고산병으로 무척 고생을 했기 때문에 마음을 단단히 먹고 출발했다. 산자락까지 꾸준히 고도를 높여가다 보니 드디어 본격적인 오르막길이 나왔다. 두 번째 대륙 분기선 등정이 시작된 것이다.

오늘은 어제와 달리 몸이 잘 따라주었다. 평소 나의 몸 상태로 돌아온 느낌이었다. 힘든 순간이 아주 없는 것은 아니지만 어제와 비교하면 아무엇도 아니었다. 구토를 할 듯한 메스꺼움도 없었고 어지러움을 느끼지도 않았기 때문에 훨씬 수월했다. 지쳐가는 팀원들을 보니 어제 고생했던 내 모습이 떠오르며 안쓰러운 마음이 들었다.

어제의 힘들었던 내 모습을 생각하다보니 문득, 처음 미국에 와 학교 농구 팀에 들었던 때가 떠올랐다. 어렸을 적부터 즐겨왔던 운동이라 나는 농구에 꽤 자신이 있었다. 단지 감독의 작전과 지시에 따라 정식으로 경기하는 것을 해보지 않았을 뿐이었다.

'그게 뭐 얼마나 힘들겠어?'라는 생각으로 학교 농구 팀에 들었는데, 아뿔사! 나는 감독이 무슨 말을 하는지 전혀 알아듣질 못했다. 대충 아는 척하고 연습을 하다 보니 지시대로 움직일 수가 없었다. 순간 코트 위에 정적이 흘렀다. 감독은 도대체 무엇을 들었냐며, 집중을 하라고 소리를 쳤다. 같이 연습을 하던 팀원들도 그리 어렵지 않은 것을 왜 못하냐는 듯이 나를 쳐다보았다. 그 순간 나는 더 이상 버티지 못하겠다고 생각하고 농구를 그만두기로 마음을 먹었다.

집이 학교에서 그다지 멀지 않았지만 나는 항상 친구들과 함께 차를 타고 집에 돌아갔는데 그날은 그렇게 할 수 없었다. 연습이 끝나고 조용히 라커룸을 빠져나와 집까지 걸었다. 서러움에 계속 눈물이 났다. 영어만 아니면 잘할 수 있는데, 그렇게 좋아하는 농구를 포기해야 한다는 생각에 억울했던 것이었다. 집까지 혼자 울면서 걸어갔던 그 길은 절대 잊을 수 없다.

가장 좋아하는 운동을 포기하고 나니 자연스레 삶의 활력도 사라졌다. 그날 이후로 농구공조차 보기 싫었고 같이 연습했던 농구 팀 친구들 역시 마주치고 싶지 않았다. 주위를 둘러보니 마음을 터놓고 이야기를 할 만한 사람이 없었다. 미국에 온 지 3개월밖에 되지 않아 주위에 친한 친구도 없었고 그렇다고 한국에서처럼 가족이 곁에 있는 것도 아니었기 때문이다. 농구 하나로 절망의 구렁텅이에 빠진 나는 한국에 돌아가고 싶을 정도로 힘들었다.

미국에 온 지 2년이 지나고 제법 영어에 자신감이 붙기 시작한 3년차가 되었을 때 어김없이 농구 시즌이 찾아왔다. 1학년 때 농구 팀에서 쓴맛을 본 나는 그 이후로 클럽 팀에서 한 번 뛰었을 뿐, 그 외에는 친구들과 순전히 재미로만 체육관에 가서 농구를 했다. 그러다가 내가 농구를 좋아한다는 말을 듣게 된 학교 농구 팀 감독은 이번에 한 번 같이 뛰어보지 않겠냐고 제안해왔다. 고등학교 졸업을 앞두고 있던 해라 지금이 아니라면 언제 학교 농구 팀에서 뛰어볼 수 있겠나 싶은 생각에 '트라이 아웃(Try Out)'에 참가하기로 했다. 잊고 싶은 1학년 때 겪은 경험에서 오는 두려움 반, 어쩌면 가장 좋아하는 운동을 마음껏 팀에서 해볼 수 있다는 생각에서 오는 설렘 반을 안고.

'트라이 아웃'은 학교 농구 팀 지원자 22명 중 7명을 탈락시키는 것이 목적이었다. 너무 많은 인원이 팀에 모두 들어올 수는 없기 때문에 일주일간 자신이 가진 모든 것을 보여주어야 했다. 22명 중 상당수 학생들은 이미 작년에 팀에서 실력을 입증받은 친구들이었기 때문에 결국은 12명의 새내기들 중에서 7명이 떨어진다고 봐야 했다.

그 한 주 동안 나는 내 안에 있는 모든 것을 보여준다는 생각으로 열심히 뛰었다. 내가 가지고 있는 100%, 아니 120%를 보여준다는 생각으로! 1학년 때 위스콘신주에 있는 학교에서 느낀 치욕적인 일을 생각하며 모든 것을 쏟아부었다. 일주일 후, 트라이 아웃 결과 나는 당당히 15명 안에 들 수 있었다.

그리고 얼마 후, 지역신문엔 내 이름이 등장하게 된다. 신문에서 우리 학교 농구 팀에 대한 분석을 하며, 키 리터너(Key Returner)와 키 어디션(Key Addition)을 코치님과 상의해 뽑아 기사화시켰는데, 키 어디션에 내 이름 'Dong-Hoon Lee'가 올라 있었던 것! 정말 그 순간의 성취감은 짜릿했다. 노력하면 안 되는 일이 없다는 자신감이 우뚝 선 시절이었다. 사실 이 진리는 너무 자명한 것이지만 스스로 깨닫기에는 꽤 힘든 진리임에 분명하니까.

그렇게 2주간의 본격적인 연습을 하고 첫 경기가 있는 날. 경기 직전 코치가 오늘의 선발 5명의 이름을 불렀다. 나는 선발 5명에는 끼지 못할 것이라는 생각에 전혀 기대하지 않고 있었다.

"매즈, 댄, 션, 엘리……."

이렇게 네 명의 이름에 이어 코치님의 입에서 마지막으로 호명될 선발 선수로 모두들 우리 팀의 에이스 앤드류의 이름을 기다리고 있었다. 그러나 모두의 예상을 깨고, 코치가 마지막으로 호명한 이름은 '동훈!' (Dong) 정말 믿기지 않았다.

내 이름을 듣는 순간 심장이 밖으로 튀어나올 듯 격렬하게 뛰기 시작했다. 얼떨떨한 마음에 혼이 나간 채로 앉아 있는데 어느새 경기 시작이 다가왔다. 구장 내 아나운서가 선발 선수 5명의 이름을 불렀다. 내 이름이 불리고 나는 코트로 뛰어나갔다. 나를 향해 환호하는 관중들을 보니 정말 심장이 터질 것만 같았다. 그때의 희열과 감동은 지금도 생생하다.

올라가는 길이 있으면 내려가는 길도 있게 마련. 며칠간 계속해서 숨이 차게 오른 로키산맥. 끝도 없이 오르기만 해야 할 것 같은 그 높은 산에도 정상이라는 것이 있었고 그 정상을 찍고 나면 어김없이 20~30km의 내리막길이 있었다.

오늘도 마찬가지였다. 대륙 분기선을 기점으로 산 정상부터는 약 30km간의 짜릿한 내리막길이 이어졌다. 내리막길을 내려갈 때, 나를 지나쳐가는 광경의 황홀함은 정말 말로 표현하기 힘들었다. 입에서 절로 함성이 터져 나왔다. 그토록 고통스럽고 힘들게 오르막길을 오르며 밟았던 페달질 하나하나에 보람을 느꼈다.

이렇게 신 나게 내리막길을 즐길 수 있는 것은 내가 그만큼의 노력과 그만큼의 인내를 발휘해서 정상에 올라섰기 때문이었다. 내 노력에 대해

● 로키산맥의 정상, 구름 위에 서 있다

한 치의 거짓도 없이 고스란히 나에게 돌아오는 순도 100%의 성취감! 그야말로 짜릿했다.

지금 이 순간, 혹시 당신도 '내가 이겨내기엔 벅차!'라고 생각할 정도의 고통 속에 있지는 않은가? '더는 못하겠다'라는 생각이 들지는 않았나?

그렇다면 우리가 지금 저 무지막지한 오르막길의 로키산맥을 넘고 있다고 생각해보면 어떨까. 지금 이 순간이 그저 넘어가는 하나의 고개라고 말이다. 반드시 정상이 있고, 그 후에는 시원하고 짜릿한 내리막길이 기다리고 있는 산 하나를 오르고 있는 중이라고 말이다.

그 고개에는 정상과 내리막길만 있는 것이 아니다. 박수를 치고 환호성을 하며 당신을 기다리고 있는 인생의 동반자들도 있다.

내가 고등학교 농구 팀의 트라이 아웃에서 탈락되지 않으려고 가슴 터질 듯 120%의 에너지를 발산시킨 것처럼. 쓰러질 것 같이 정신이 혼미한 고통 속에서도 한 발 한 발 페달을 밟아 나가며 결국 구름 위에 올라섰던 것처럼. 인생의 힘든 고개를 오를 때, 자신이 가진 모든 것 이상의 노력을 하면 정복하지 못할 고개는 없다고 나는 굳게 믿는다.

힘든 시간을 거쳐 그 고개를 정복했을 때 자신이 서 있는 곳이 어디인지 잘 보자. 당신은 말로 표현하기 힘든 짜릿한 성취감을 느낄 것이고 정상에 우뚝 선 자신의 모습을 찾아볼 수 있을 것이다. 그리고 그때부터 우리가 할 일은, 이제 우리 앞에 펼쳐질 멋진 경치를 즐기며 내려가는 일뿐이다.

대륙 분기선에서 멋진 경치를 즐기며 엄청난 속도로 내리막길을 즐긴 나처럼.

나의 목표만이 세상의 전부?

52일째에는 정오를 훌쩍 넘기고서야 정상에 도착했기 때문에 점심에 기부를 받는 일이 순조롭지 않아 간식으로 끼니를 때워야 했다. 되는 대로 이것저것 주워 먹고 다시 출발을 하려는데 우리 옆에 캠핑카를 주차하는 사람이 보였다. 그리고 차에서 내린 한 남자가 우리 쪽으로 다가왔다.

"실례합니다. 혹시 이 근처에 무슨 행사가 있는 건가요?"

억양으로 보니 유럽에서 온 사람 같았다.

"행사는 아니고, 저희는 51일 전에 동부 끝 매릴랜드주의 볼티모어에서 자전거로 출발을 해 샌프란시스코까지 가고 있는 중입니다. 29명이 자전거를 타고 미국을 횡단하며 암 환자들에게 희망과 도움을 주는 프로젝트를 진행하고 있습니다."

그러자 무척 놀란 얼굴로 자신은 스위스에서 왔고 샌프란시스코까지 자동차로 가족들과 미국 여행 중이라고 했다. 그는 의미 있는 일에 동참을 하고 싶다며 5달러짜리 지폐 한 장을 내밀었다.

"혹시 주위에 암으로 고생하신 분이 계신가요?"

"내 가장 친한 친구의 아들이 백혈병으로 어렸을 때 죽어서… 이런 행사가 있으면 조금씩 도우려고 해요."

그 친구분의 아들을 위해 나의 하루를 헌신하며 타겠다고 말씀을 드렸더니 고맙다며 사진을 찍어 기억에 남기자고 하셨다. 이렇게 주행 중

에 만난 사람들에게 우리가 하는 일을 알릴 수 있다는 것에 크게 감사
했다. 암 환자들에게 희망과 도움을 주는 것이 우리의 궁극적인 목표이
지만 암에 대한 경각심을 일깨우는 것 역시 큰 목표이기 때문이다. 이런
식으로 한 사람 두 사람 만나 우리가 하는 일에 대해 이야기하면 그들과
그 친구들에게 4K가 하는 일과 암에 대한 경각심이 차차 퍼지게 될 테
니까. 이런 만남 하나하나가 사실은 4K가 발휘할 수 있는 가장 큰 힘일
지도 모른다.

그렇게 마음씨 좋은 스위스 아저씨와 헤어진 뒤 우리를 기다리고 있
는 것은 정상에서 약 8km 정도 이어지는 내리막길이었다. 10분이 채
걸리지 않아 우리는 내리막길을 마쳤다. 급경사에서 우리는 마음 놓고
쌩쌩 달린 것이다. 나 자신도 믿기 힘들지만 이 여행을 하며 가장 빨리
달렸을 때의 시속은 77.4km다. 이날도 거의 70km에 육박하는 최고 속
도가 나왔는데 정말 그렇게 속도감을 느끼며 내리막길을 탈 때는 스릴
만점이었다!

그렇게 신 나게 내려오고 나니 또 꽤 긴 고개가 기다리고 있었는데
콜로라도주와는 또 다른 유타주만의 독특한 풍경이 내 눈을 사로잡았
다. 콜로라도주에는 로키산맥이 있었다면 유타주에는 돌이나 흙으로 만
들어진 것처럼 불그스름하고 건조한 색깔을 가진 돌산과 흙산이 사방을
둘러싸고 있어 색다른 장관이었다.

양 옆을 둘러보니 우리가 서있는 곳은 '악마의 등뼈(Devil's

backbone)'라 불리는 협곡이었다. 협곡의 맨 꼭대기 구불구불한 도로 위에는 양 옆에 난간조차 없었다. 자칫 방향을 잘못 잡으면 협곡 맨 아래까지 추락할 수도 있는, 아주 위험하지만 손에 땀을 쥐게 하는 멋진 도로였다.

내려가는 내내 정말 입이 다물어지지 않았다. 내려가는 속도 때문에 눈에서는 눈물이 나왔다. 이전에 내리막길에서 눈물이 몇 번 나온 적은 있었는데 이번에는 눈물이 얼굴을 타고 바람에 뒤로 날릴 정도였다. 이렇게 끝내주는 내리막길이 끝나고 우리는 협곡의 맨 아래, 즉 가운데 지점에 도착했다.

그렇다. 예상했겠지만 이제 다음 코스는 협곡을 벗어나는 일. 방금 신나게 내려온 것만큼, 그만큼 올라가는 일이 남아 있었다.

협곡 맨 밑에 도착하니 우리의 점심을 구해온 팀원들이 기다리고 있었다. 샌드위치를 허겁지겁 맛있게 먹고(삼켰다는 표현이 더 정확하겠다) 이제 악마의 등뼈를 벗어나기 위해 나섰다.

내리쬐는 뜨거운 태양 아래 계속되는 오르막길을 오르는 것은 보통 힘든 일이 아니었다. 이 날은 4K를 하면서 가장 힘든 날로 기억된다. 고산병으로 로키산맥에서 겪었던 것과는 또 다른 고통이었다. 그때는 자신과의 싸움이었다면 이번에는 정말 다리 근육이 터질 것만 같은, 완전한 육체적 고통이었다. 가장 힘든 날로 기억될 것이니만큼 이번이야말로 꼭 완주를 해내서 그 끝내주는 성취감을 한 번 느껴보리라 이를 악

● 유타주로 들어서자 이곳만의 독특한 풍경이 눈길을 사로잡았다

물었다.

그렇게 협곡을 반쯤 빠져나왔을 때, 차량 한대가 우리 쪽으로 다가오는 것이 보였다. 차에 있던 팀원은 리아와 알렉스였다. 응원을 하며 우리 쪽으로 다가오는 그들은 근심 가득한 표정이었다. 아니나 다를까, 그들이 말하기로 우리가 머물게 될 에스칼란테(Escalante)라는 마을 전체에서 우리를 위해 마을 사람들을 모두 초청한 저녁을 거하게 준비하고 있다는 것이었다. 때문에 우리는 오후 6시 30분까지 반드시 도착해야 했다. 그들을 만났을 때가 이미 6시 15분경. 그러니 지금 우리 자전거를 모두 차에 싣고 빨리 그 마을로 가야 한다는 것이었다. 목적지까지 남아

있는 거리는 약 20km였다.

큰 딜레마에 빠지고 말았다. 너무 힘들었던 하루였던만큼 반드시 완주를 하고 싶었던 나와 우리 팀원들은 개인적인 '목표'와 우리를 위해 마을 전체가 준비해 준 저녁 식사에 늦지 않고 참여해야 한다는 '도리' 사이에서 갈등을 하게 된 것이다.

내 머릿속에는 주행 19일째가 떠올랐다. 때문에 목표 달성만을 강하게 주장할 수는 없었다. 하지만 이번에는 조금 상황이 다르다고 생각했다. 우리 팀을 위해서라면 나의 목표를 희생할 준비가 되어 있었지만 단지 저녁 식사에 참여하기 위해서라면 완주 목표를 깨버리기에 그 이유가 충분치 않다는 생각이 들었기 때문이다. 다른 날도 아니고 하필이면 이렇게 제일 힘들었던 날에 완주를 포기한다는 것은 너무 아쉬운 일이라는 생각이 지배적이었다.

"이렇게 우리가 결정을 못하고 있을 시간에 차라리 빨리 자전거에 올라 목적지로 향하는 것이 옳은 것 같아. 오늘은 정말 내게 있어 육체적, 정신적, 그리고 감정적으로 가장 힘든 날이었어. 그래서… 나는 정말 오늘 완주를 하고 싶어."

내가 이렇게 얘기하자 가만히 듣고 있던 우리 팀 친구들이 모두 고개를 끄덕였다. 그들에게도 오늘이 가장 힘들었던 날이었고 그만큼 모두 완주를 하고 싶은 마음이 컸다.

내가 하는 말을 가만히 듣고 있던 리아와 알렉스는 그럼 일단 이 협곡 맨 위까지 자전거를 타고 간 후에 결정을 하자며 한 발 물러났다. 이에 힘이 난 우리는 정말 그 가파른 협곡의 오르막길을 빠르게 올랐다.

그렇게 정상에 오르고 나니 우리는 또 생각이 바뀌었다. 마치 화장실에 가기 전과 후가 다른 것처럼, 이렇게 오르고 나니 목적지까지는 이제 15km밖에 남지 않았고 또 오르막길은 다 끝났으니 차로 가나 자전거로 가나 큰 차이가 없을 것이라며 완주하고 싶다고 말하기 시작했다.

우리의 강력한 요구에 뜻을 굽힌 리더가 결단을 내렸다. 이미 시간은 늦었으니 그러면 최대한 빠르게 목적지까지 자전거로 오라는 것. 기쁜 마음으로 우리 6명은 자전거에 번개처럼 올라 타 목적지를 향해 속도를 높였다.

그렇게 고집을 부려 기어코 자전거로 목적지인 마을 공원에 도착한 시각은 오후 7시 15분. 저녁 잔치에 45분 정도 늦고 말았다. 우리가 도착하자 환영해주는 사람들은 대부분이 먼저 도착해 있던 우리 팀원들뿐. 고개를 돌려보니 그곳 분위기는 썩 좋지 않음을 알 수 있었다. 먼저 도착해 있던 다르씨(Darcy)의 말을 들어보니 우리가 저녁 잔치 시간을 지키지 못했기 때문에 마을 사람들의 기분이 상했다는 것이었다. 주위를 둘러보니 저녁상에 빈자리가 하나둘씩 보였다. 지금 막 이 자리를 떠나는 사람들도 있었다.

순간, 완주를 해서 내 목표를 성취했음에도 뭔가 찝찝한 기분이 들었다. 오히려 완주를 하지 못했던 19일째, 나의 목표를 희생했던 그날보다 마음이 더 무거웠다.

내가 또 얼마나 큰 실수를 저지른 것인가. 이미 내가 이 세상의 중심이 아니라는 것, 내 목표만이 세상의 전부가 아니라는 것을 뼈저리게 깨닫지 않았는가?

이렇게 잔치를 준비하는 것은 마을 사람들에게 작은 일이 아니었을 텐데 우리는 그들에 대한 예의를 전혀 지키지 못했던 것이다. 우리가 온다는 소식에 우리 이야기를 듣고 함께 어울리는 자리를 기대했던 사람들의 기분은 생각조차 못했던 것이다. 행여, 그들 중 암을 앓았거나 그 식구들이 있었더라면? 두고두고 후회할 일이었다.

자전거를 타고 매일매일의 목표에 맞춰 완주를 하는 것도 중요하지만, 어쩌면 우리가 만나는 사람들과 이야기를 하고 그들의 이야기를 들으며 보내는 시간이 더 중요할 수도 있음을, 다시 한 번 깊이 깨닫는 날이 되었다.

살아 있다는 희망으로 페달을 밟는다

53일째 아침.

모두 모여 응원 구호를 외치려는데, 내 옆에 못 보던 얼굴이 있었다. 누군가 하고 보니 어제 나와 한참 대화를 나눈 존이었다. 그는 삼성에서 3년간 일했던 친구였다. 그리고 그 옆에는 연세가 지긋하신 존의 아버지 스티브가 서 있었다. 자전거 타기를 좋아하는 두 사람이 우리와 함께 하겠다며 나선 것이었다. 건장한 체격의 존을 보니 우리보다 체력이 좋아 보였지만 그 옆에 계신 그의 아버지는 몸이 조금 불편해 보였다. 자세히 보니 상의 밑에 뭔가가 두툼하게 있는 것 같았다.

스티브와 존은 내가 속한 팀이 아닌 다른 팀과 함께 출발했다. 우리 팀은 마지막으로 출발했는데 약 20km 정도를 가다 보니 저 멀리 누군가 혼자 천천히 자전거를 타고 있는 것이 보였다. 지금까지 자전거를 타면서 세운 규칙 중 '누구도 절대 혼자 자전거를 타지 않는다'라는 항목이 있었다. 우리는 누군가 규칙을 따르지 않고 혼자 타고 있나 하고 생각했다. 속도가 워낙 느려 그 사람과 거리를 금방 좁힌 우리는 그가 스티브라는 것을 알고 놀랐다. '설마 같이 출발한 팀원들이 할아버지가 속도가 느리다고 그냥 두고 가버린 것은 아니겠지'라는 말을 서로 주고받으며 그분에게 자연스레 접근했다.

"아, 도저히 힘들어서 못 가겠네. 자네들은 계속 가게."

"아닙니다. 팀원들이 왜 그랬는지는 모르겠지만 저희는 할아버지와

● 존과 그의 아버지 스티브와 함께. 스티브는 불편한 몸으로 2시간 동안 우리와 함께 자전거를 탔다

함께 가겠습니다.”

“아니야, 팀원들이 같이 기다렸다가 간다는 것을 내가 먼저 가라고 했어. 나는 오늘 내가 탈 만큼 탔기 때문에 그냥 도로에 앉아서 쉰다고 했거든. 그랬는데 햇빛에 앉아 있으려니 더워져서 여기 조금만 더 올라가, 내 사유지까지 가서 쉬려는 생각이었어.”

팀원들이 무례한 행동을 한 것이 아니라는 생각에 안도의 한숨을 쉬며 스티브와 함께 그의 사유지로 향했다.

사유지에 도착한 우리는 그늘을 찾아 자전거를 세워 두고 땅바닥에 철퍼덕 앉아 그분과 대화를 시작했다.

그의 나이는 71세. 아직까지 이렇게 자전거로 운동을 한다는 것에 놀랐다. 그는 자전거 타는 것을 무척이나 좋아하는데 본격적으로 타기 시작한 지 약 10년이 되었다고 했다. 지난 10년간 달린 거리만 해도 80000km가 된다고.

나는 상의 밑으로 보이는 튜브에 대해 묻고 싶었지만 괜히 실례가 될까봐 꾹 참고 있었다. '할아버지께서 말씀을 하고 싶으면 하시겠지'라는 생각으로 가만히 있었다. 시간이 꽤 흘렀는지, 우리 팀이 오지 않자 우리 차가 이쪽으로 오고 있었다. 우리가 오지 않자 걱정이 되어 찾으러 온 모양이었다. 차량에 타고 있던 팀원이 이제 존이 다 내려왔으니, 우리에게 갈 길을 서두르라고 말했다.

스티브와 기념 사진을 찍고 오르막길을 다시 오르기 시작하는데 우리 팀에 있던 조쉬(Josh)가 우리에게 할 말이 있다며 이야기를 시작했다.

"사실 어제 스티브와 이야기를 할 시간이 있었는데, 그가 우리 팀에게 이야기하지 않은 것이 있어. 괜히 우리가 함께 자전거 타는 데 신경 쓸까봐 그러신 것 같아. 너희가 봤을 수도 있겠지만 할아버지는 옷 밑에 여러 개의 튜브를 달고 생활을 하셔야 하는 대장암을 앓으셨던 분이래."

몸에 이런저런 생명선을 두른 그 불편한 몸을 이끌고, 우리가 하는 일에 동참하셨다니! 몸이 힘든 할아버지도 저렇게 열정적으로 자전거를 타셨는데, 사지 멀쩡하고 건강한 육체를 가진 나는 절대로 포기할 수 없겠구나. 스티브 할아버지의 튜브 이야기는 나에게 또 한 번 강력한 동기부여가 되었다.

43일째, 콜로라도주에서도 비슷한 경험을 한 적이 있었다.

우리 팀원 중에 콜로라도에 사는 '마이클'이라는 친구가 있었다. 그 지역으로 접어들 때쯤 그곳에 엄청난 산불이 시작되어 우리가 가기로 했던 마을들이 산불 피해를 크게 입게 되었다. 때마침 콜로라도주에 사는 마이클의 가족들이 이쪽은 산불 피해가 없다며, 집에서 하루 머물고 가라고 청해주었다. 우리가 머물기로 되어 있던 교회도 산불로 인한 피해가 커서 머물지 못하게 된 상황이었다. 어쩔 수 없이 마이클의 가족에게 감사하는 마음으로 경로를 바꾸어 그의 집으로 향했다.

그의 집으로 가는 날, 마이클의 어머니가 우리를 마중 나오셨다. 그것도 차가 아닌 자전거로 말이다. 자전거로 마중 나온 그의 어머니를 보고 놀라지 않을 수 없었다. 그녀의 상태를 안다면 충분히 그럴 법 했다.

마이클은 그간 아침에 몇 번이고 자신의 어머니를 위해 달리겠다고 해왔었다. 그녀는 현재 유방암과 싸우고 있는 중이었기 때문이다. '헤르셉틴'이라는 유방암 치료제를 복용하며 투병 중인 분이 자전거를 타고 우리를 마중 나오신 것이다. 그녀는 내가 속한 그룹과 함께 자전거를 타고 자신의 집으로 우리를 인도해주셨다.

마이클의 어머니가 자전거를 타는 모습은 감동이었다. 그녀는 자신이 힘들어하고 있다는 것을 우리에게 보이고 싶지 않은 듯했다. 하지만 당시 누적 주행 거리가 4000km를 넘어서면서 힘들어하는 팀원들을 수없이 지켜봐왔던 나는 그의 어머니가 정말 힘들게 페달을 밟고 있다는 것을 알 수 있었다. 우리의 노력에 동참하기 위해 힘들지만 자전거를 타는 그녀의 모습은 내게 큰 깨달음으로 다가온 것이다.

우리의 비전과 목표, 즉 암 환자들에게 희망과 도움을 주는 것을 몸소 보여주고 동참하는 그분들이야말로 살아 있는 희망의 증거였다. 이 세상에 있는 모든 암환자들이 스티브와 마이클의 어머니처럼 페달을 밟을 수 있는 날이 오기를 바라며, 나는 오늘의 목적지인 브라이스 캐니언(Bryce Canyon)으로 가기 위해 페달을 밟았다.

누군가는 평생 꿈꿔온 자전거 여행

드디어, 기다리고 기다리던 캘리포니아주에 접어드는 63일째 아침이었다. 시에라네바다산맥을 넘어 네바다주와 캘리포니아주 경계에 있는 유명한 피서지 타호호수(Lake Tahoe)가 오늘의 목적지였다. 그곳에 도착하기 위해서는 시에라네바다산맥을 넘어야 했는데 정상의 높이는 2178m였다. 정상까지 가파른 오르막길이 16km 정도 이어져 꽤 힘들었다. 쉬엄쉬엄 오르는데도 애팔래치아산맥을 오를 때가 생각이 날 정도로 숨이 차고 힘들었다.

정상에 오르자 벌써 시간은 오후 4시. 너무 배고팠던 우리는 음식을 삼키듯 모두 해치우고 얼마 남지 않은 목적지인 타호호수를 향해 달렸다. 정상에서 내려가자 나무들 사이로 커다란 호수가 웅장한 모습을 드러냈다. 얼핏 보면 바다처럼 보일 정도로 큰 호수였다. 햇빛이 비추는 호수의 모습은 이번 여행에서 본 광경 중 손에 꼽을 정도로 멋졌다.

캘리포니아주 경계선 표지판은 우리의 기대처럼 그렇게 웅장하지 않아서 조금은 실망했지만 그래도 캘리포니아에 도착을 했다는 사실만으로 너무 흥겨워서 마치 최종 목적지에 도착한 것처럼 서로를 얼싸안고 좋아했다.

오늘과 내일은 홈스테이를 하게 되어 있었다. 차에 짐을 싣고 집집마다 돌아다니며 5~6명씩 묶어서 내려주었다. 나는 엘카(Eelke)라는 사람의 집에 머물게 되어서 그의 집 앞에 짐을 내리고 같이 머물게 된 경인, 크리스, 로렌 그리고 크리스마리와 함께 그가 나오기를 기다렸다.

잠시 기다리자 차고 문을 열고 나온 엘카는 30대 중반의 남자였다. 사회성이 부족해 보일 정도로 쑥스러운 표정으로 우리와 인사를 나누고 자전거와 짐을 내려놓을 곳을 보여주었다. 그의 차고 안에는 큰 오토바이와 자전거가 놓여 있었다. '자전거 타는 것을 좋아하는구나'라는 생각을 하고 있는데 그가 집을 보여주겠다며 따라오라고 했다. 그는 우리가 머물게 될 방과 거실 등, 집을 간단히 보여주었다. 짐을 풀기 전에 그와 이야기를 하며 서로를 알아가는 시간을 가졌다.

그는 우리가 하는 일에 대해 큰 관심을 보였다. 우리에게 있었던 재미난 이야기들, 그리고 감동을 느끼게 해주었던 암 환자들과 직접 만났던 이야기들을 나누고 사진들을 쭉 보여주면서 어색함은 자연스레 사라졌다.

그는 이 동네의 한 회사에서 소프트웨어 개발을 하고 있었고 결혼은 하지 않은 청년이었다. 혼자 살고 있는 그에게 지역 수색 구조대에서 자원봉사자로 힘을 보태고 있는데, 우리를 호스트 해줄 수 있냐는 부탁에 선뜻 승낙했다고 했다. 서로 도와가며 살아가는 세상이라고 말하는 그는 그저 바쁜 일상을 살아가는 마음씨 좋은 청년으로 보였다. 간단히 피자로 저녁을 먹은 후 잠자리에 들 준비를 하고 있었다.

그런데 내일 수색 구조대 훈련이 있어서 일찍 일어나야 하는 엘카가 와인을 꺼내며 우리에게 말을 걸었다.

"화이트 와인으로 할래? 레드 와인으로 할래?"

이에 우리는 주인의 환대에 감사함을 보이고 캘리포니아에 도착한 것을 축하한다는 의미에서 한 잔씩만 먹고 자겠다고 대답을 했다. 캘리포니아에 도착한 것을 축하하며 와인을 천천히 들이켜는 우리에게 엘카는 잠시 기다리라는 말과 함께 자신의 집 지하실로 내려갔다. 무슨 일인지 영문을 모르는 우리는 그가 올라오기만을 기다렸다. 약 5분쯤 지났을까. 그는 양쪽 팔에 앨범을 하나씩 끼우고 계단을 올라왔다. 그리고 우리에게 앨범 속의 사진들을 하나하나 보여주기 시작했다. 오래된 사진들로, 흑백 사진이 대부분이었다.

"우리 아버지는 네덜란드에서 태어나셔서 정말 자전거를 좋아하신 분이였어. 이 사진은 네덜란드에서 자전거 경주에 참여하셨을 때 어머니가 찍어준 사진이야."

네덜란드에서 태어나고 자란 분이라는 말에 나는 궁금해서 물어 보았다.

"그런데 언제 미국으로 오시게 된 거죠?"

"1960년대 후반에 미국으로 이민을 오셨어. 너희가 출발한 곳이 어디라고 했지?"

크리스가 대답했다.

"메릴랜드주의 볼티모어에서 출발을 했어요"

그러자 엘카는 자신의 아버지도 메릴랜드로 이민을 오신 후 그곳에서 사셨다고 말을 이었다.

"아버지는 이곳에서도 계속 자전거 경주에 참가하려고 했는데, 미국인들만 참가할 수 있었던 거지. 결국 아버지는 경주에 참가는 못하셨지만 자전거에 대한 사랑은 항상 독특하셨어. 매일 일터에 자전거를 타고 가셨고 내 친구들은 아버지가 자전거를 타시는 모습을 보고 빠른 속도에 놀라기도 하고, 힘든 언덕을 아무렇지도 않게 올라가시는 것을 보고 감탄하기도 했어."

그렇게 와인을 한 잔 두 잔 들이키며 우리에게 자신의 아버지 이야기를 계속해나갔다. 진지한 분위기 속에서 우리는 그의 이야기에 빠져들었다.

"아까 우리 집에 올 때 올라온 긴 언덕 기억나? 이곳 타호호수 근처에는 그런 언덕들이 정말로 많아. 그래서 많은 사람들이 훈련을 하러 오기도 하지. 그 언덕에서 아버지랑 항상 같이 자전거를 탔는데 연세가 나보다 훨씬 많으신 아버지를 내가 도저히 이길 수가 없었어."

아버지에 대한 이야기가 계속 이어져 우리는 그의 아버지를 만나볼 수 있었으면 좋겠다는 생각에 질문을 했다.

"그럼 지금 아버지는 어디에 계세요? 혹시 여기 근처에 계신다면 뵙고 이야기를 나누어보고 싶네요."

"아, 우리 아버지도 너희들을 참 좋아하셨을 텐데… 아쉽게도 이제 이 세상에 계시지 않아. 얼마 전에 돌아가셨거든."

괜한 질문을 했나 하는 생각에 우리는 바로 화제를 돌려 우리 여행에서 있었던 이야기와 사진들을 보여주며 시간을 보냈다. 그리고 매일 밤 11시쯤 잠드는 것에 익숙한 우리는 너무 피곤해서 내일 또 보자며 잠자리에 들었다.

그렇게 다음 날이 밝고 처음으로 일요일에 쉬는 날을 맞은 우리는 근처 교회 예배에 참석한 후, 타호호수에 있는 모래사장에 갔다가 마침 호수에서 '암 환자를 위한 걷기 운동' 행사가 있다는 소식을 듣고 거기에 참여했다. 집에 돌아오니, 오후 4시. 이제 막 수색구조대 훈련이 끝나고 집에 돌아와 샤워를 마친 엘카와 마주쳤다.

이날 오후 6시에 팀원들을 비롯한 모든 호스트 가족들이 초대된 저녁 식사가 호숫가에서 예정되어 있었다.

엘카와 함께 호숫가로 가서 다른 팀원들과 가족들을 만나고 있는데 그가 조용히 말을 건넸다.

"이 근처에 사람들이 많이 모르는 멋진 해변가가 있는데 내가 보여줄까? 싫으면 여기서 다 같이 시간을 보내도 되고."

멋진 곳을 보여준다는데 굳이 거절할 필요도 없었고 혹시나 그가 우리와 더 따로 시간을 보내고 싶어서 그럴지도 모른다는 생각에 리더에게 말했더니, 가족과 함께 움직이는 것이라면 괜찮다고 가도 좋다고 했다.

엘카는 호수의 멋진 곳들을 우리에게 보여주었다. 역시 이곳 사람이라 그런지, 그는 사람들이 모르는 한적하고 멋진 곳을 잘 알고 있었다. 석양이 지는 것을 보며 우리는 함께 시간을 보냈다. 점심을 먹은 지 오래되어 배가 고파오던 우리는 집에 돌아가 햄버거를 해먹기로 했다. 집으로 돌아오는 차 안에서 보니 이곳은 정말 언덕이 많은 도시였다. 차에서 흘러나오는 노래를 따라 부르던 엘카는 그 언덕들을 보며 아버지가 그리웠는지 우리에게 계속해서 아버지 이야기를 했다.

"이 언덕에서 아버지와 경주를 한 적이 있는데 나는 상대도 되지 않았어."

"이곳은 우리 둘이 같이 자전거를 타기도 하며 정말 좋은 시간을 보 냈던 곳이야!"

오후 9시쯤 되어 집에 도착한 우리는 베란다에 있는 그릴에 햄버거를 구워서 맛있게 먹었다. 저녁을 먹으면서 그는 타호호수에 대한 설명을 더 해주고 우리 여행에 관해서도 더 자세히 물어보기도 했다. 종종 그의 아버지에 대한 얘기도 하며, 아버지의 사진이 담긴 앨범을 더 가지고 와 보여주기도 하였다.

어느덧 65일째의 아침이 밝았다. 이 날은 200km가 넘는 거리가 예 정되어 있었기 때문에 우리는 새벽 5시부터 일찍 일어나 떠날 준비를 했다. 엘카도 그 시간에 함께 일어나 아침을 든든히 먹고 가라며 이것저 것 챙겨주며 떠날 우리를 격려해주었다. 그렇게 자전거에 오른 우리는 그와 마지막 악수를 하며 이틀 동안 정말 고마웠다고 인사하고 그의 집 을 떠났다.

그는 우리가 자전거에 올라서서 떠나는 모습을 비디오로 찍고 있었 다. 그렇게 자전거에 올라서서 저만치 가서 뒤를 돌아보니 그는 아직도 한손으로 비디오를 들고 나머지 한손은 계속해서 크게 흔들며 작별 인 사를 하고 있었다.

그날 주행을 끝내고 나니 집 앞에 나와 우리가 시야에서 없어질 때까 지 손을 흔들며 비디오를 찍던 엘카가 생각났다. 그가 그립기도 하고 그 에게 물어보지 못했던 것도 있어 문자를 보냈다.

「엘카, 저 동훈이에요. 혹시 아버지가 어떻게 돌아가셨는지 말씀해주
실 수 있으세요?」

그렇게 문자를 보내고 잠이 들었는데 다음 날 아침에 휴대폰을 확인
해보니 그에게 답이 와 있었다.

「문자로 이야기하긴 힘들어서 메일을 보냈으니 확인해봐. 좋은 하루
되길!」

그가 보낸 긴 메일을 십여 분에 걸쳐 읽은 후, 이틀간 그와 지내며 있
었던 일들의 퍼즐이 비로소 맞추어지는 느낌이었다. 그랬다. 그는 사람
들이 너무 그리웠던 것이었다. 첫날, 우리가 이렇게 지낼 수 있는 숙소를
제공해주어서 고맙다고 말을 했을 때, 그가 한 대답이 기억이 났다.

"고맙기는, 내가 더 고마워. 너희들이 우리 집에 와서 지내는 덕분에
정말 오랜만에 집 청소도 했거든."

엘카의 아버지가 돌아가신 것이 2012년 7월 9일이고, 우리가 그의
집에 도착한 것이 7월 28일이었으니 그의 아버지가 돌아가신 지 채 3
주도 되지 않은 때였다.

다 같이 저녁 식사가 예정되어 있던 해변가에서 우리만 따로 불러 떠
나자고 했던 그의 행동도 이해가 되었다. 그는 아직 많은 사람들과 만나
웃고 떠들기에는 아버지에 대한 슬픔으로 머리가 복잡했던 것이다.

처음에 만났을 때 어색함을 감추지 못하고 우리를 맞았던 것도 아버지
가 돌아가시고 나서 새로운 사람들을 대하는 것이 너무 오랜만이었기 때

문에 그랬다는 생각이 들었다. 하나뿐인 가족이었던 아버지가 돌아가신 후 삶의 활력을 잃어버렸던 것이 분명했다.

약간은 궁금했던 그의 행동들이 이해가 되기 시작했고 나는 이런 이야기들을 그와 직접 얼굴을 맞대고 하지 못한 것이 너무 안타까웠다. 그는 그저 아버지에 대한 이야기를 마음껏 할 수 있는, 그의 심정을 이해해줄 수 있는 사람들이 필요했던 것이다.

마침 그의 아버지가 그토록 좋아하셨던 자전거를 타고 미국을 횡단한다는 학생들과 가까워지게 되었고, 그런 우리들과 마음속에 묻어두었던 대화를 하고 싶었던 것이다. 우리가 떠나는 순간까지 비디오에 담으며 작별 인사를 했던 것도 그러한 아쉬움의 표시였다.

그의 아버지는 70세가 넘은 나이로, 우리처럼 자전거로 미국을 횡단할 준비를 하시다가 연습 도중 의식을 잃고 쓰러진 후 돌아가셨다. 그의 메일에서 알게 된 것인데, 첫날 차고에서 내가 보았던 자전거는 그의 아버지가 미국을 횡단하는 데에 쓰려던 자전거였다.

무척 힘든 일이 있었음에도 불구하고 우리를 맞아준 그에게 다시 한 번 크게 감사했다. 그리고 아버지가 돌아가신 후, 그가 겪어야 했을 끔찍한 시간들도 이해가 갔다. 한편, 그가 말한 대로 우리가 그의 집에 머물게 되면서 다시 사회로 돌아갈 준비를 시작하게 된 것은 다행이었다.

우리는 그의 이야기에 귀를 기울여준 것밖에 없는데 우리의 존재에 감사하고 우리를 무척 그리워하고 있었다.

외로운 싸움을 하고 있는 암 환자들에게도 엘카처럼 그저 옆에서 그들의 이야기를 들어줄 사람이 필요한 것이고 그런 사람이 있다는 것만으로도 큰 위로와 힘이 된다는 것을 확인할 수 있었다.

마지막으로 그가 이메일에 남겨준 말은 나에게 남은 마지막 5일간, 그 시간에 감사하며 자전거를 탈 수 있게 해준 힘이 되었다.

"어떤 이가 평생 꿈꾸어왔던 자전거 여행을 지금 네가 하고 있다는 사실을 잊지 말아줘. 어떤 순간이 닥치더라도 매 순간에 감사하는 마음으로 이 의미 있는 여행을 멋지게 마무리 했으면 좋겠어."

오늘의 1km는 내 인생의 신기록이다

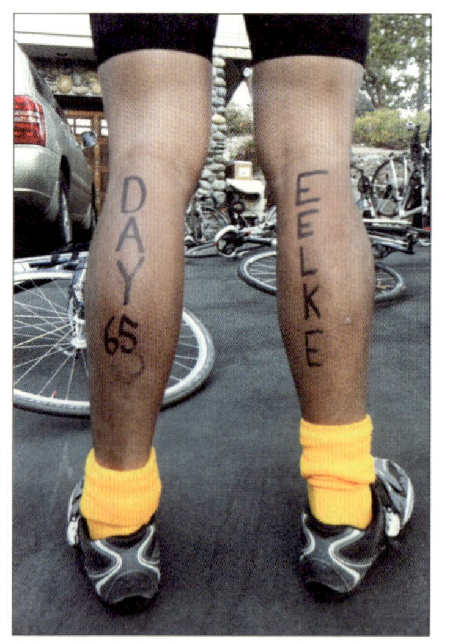

65일째의 목적지는 캘리포니아주의 데이비스(Davis)였다.

타호호수에서 데이비스까지의 거리는 210km였다. 이때까지 하루에 가장 길게 탄 거리는 170km. 그것보다 무려 40km가 더 추가된 거리였다. 정말 만만치 않은 하루가 되리라는 생각에 마음의 준비를 단단히 하고 출발했다.

아침에 오르막길을 조금 오른 후 그다음 100km 정도는 계속해서 내려가는 길이었다. 중간 중간 평지와 오르막길이 조금 있었지만 전체적으로 경치도 멋지고 내리막길도 많이 있어 비교적 수월하게 달렸다.

하지만 한 시간, 한 시간 자전거에 앉아 있는 시간이 늘어날수록 엉덩이가 아파왔다. 페달질을 하며 엉덩이를 계속 움직이다보니 자연스레 살이 계속 쓸리고 있었기 때문이다. 어떤 팀원은 특별히 다친 곳이 없는데도 이렇게 엉덩이가 계속 쓸려 자전거 안장에 앉을 수가 없어 완주를 못 하기도 했다. 30km마다 있는 휴식공간에서 엉덩이에 크림을 바르고 서서 탔다 앉아서 탔다를 반복해가며 시간과의 싸움을 계속했다.

그렇게 긴 하루가 지나가고 있는데 자전거 거리계를 보니 14일째에 탔던 170km를 갱신하고 있었다.

약 170km인 106마일부터 내 신기록이 세워진 것이다. 1마일, 1마일 올라갈 때마다 내가 밟는 페달은 기록 갱신을 뜻하는 것이었기 때문에 페달질 한 번 한 번이 의미 있게 느껴졌다.

그렇게 장거리 신기록을 세우며 힘차게 나아가고 있는 자신이 자랑스러워 몸이 근질근질할 지경이었다. '나 좀 봐요! 이것 봐요!' 어딘가에 소리치며 자랑하고픈 심정이었다. 혼자 보기엔 아까운 신기록 갱신의 현장이었다.

● 거리계에 128.72마일이 찍혔다

이미 해는 다 넘어가고 바깥은 어둑어둑해지고 있던 참이어서 19일 때처럼 안전을 위해 차를 타고 목적지까지 가게 되는 것이 아닌가 걱정이 되었지만 나는 이내 스스로에게 말했다.

'하루 200km가 넘는 거리를 언제 또 자전거로 타보겠어. 이제 와서 팀원들이 위험하다고 차로 데리러 온다면 완주하고 싶은 마음이 앞서더라도 포기하자.'

하지만 우리가 자전거를 타고 있는 구간은 차가 들어설 수 없는 자전거 전용 도로였기 때문에 우리는 숙소 끝까지 자전거를 타고 완주할 수 있었다. 목적지에 도착하고 거리계를 보니 128.72마일이라는 숫자가 찍혀있었다. 약 207.15km에 달하는 엄청난 거리를 하루 만에 온 것이다.

불가능하다고만 생각했던 일을 막상 해내고 나니, 믿을 수 없이 단단하고 큰 자신감이 생겼다. 사실 자전거를 타고 있을 때는 1km마다 신기록을 세운다고 생각하니 그다지 피로를 느끼지도 못했다. 아드레날린이 마구 솟아나서 200km 넘게 자전거를 타고서도 계속해서 더 탈 수 있을 것 같은 기분이었다. 단단히 뭉쳐지고 있는 다리 근육은 생각지도 못하고 말이다.

결국 하루가 끝나고 자전거에서 내리고 나서야 내 몸 상태가 제대로 걷기 힘들 정도라는 사실을 알 수 있었다(참고로 다음 날은 자전거를 타고 이동을 한 후 그다음 날인 67일째는 쉬는 날이었는데 나는 66일째 저녁 6시 반에 잠들어 67일째 오전 10시 반이나 되서야 일어났다. 16시간 동안 긴 잠을 잘 정도로 몸이 피곤했던 것이다).

마지막 파티, 그리고 마지막 밤

마지막 쉬는 날인 69일째를 맞았다.

끝이 정말 코앞으로 다가오자 뒤숭숭한 분위기 속에서 마지막 짐 정리와 여행을 마무리하는 준비로 시간을 보냈다. 그리고 이날 저녁에는 우리 팀원들이(아니 이제는 가족들이라고 부르겠다) 처음이자 마지막으로 다 같이 모여 파티를 하는 시간을 가졌다.

우리 4K 가족 중 다르씨의 이모가 그 마을에 사셨는데, 이모가 다니
는 교회로 우리들을 초청하셨다. 마치 군대에서 휴가를 나온 것처럼 우
리들은 몇 벌 가지고 있지 않은 옷 중에서 그나마 가장 단정한 옷들을
차려 입었다. 유니폼만 입던 4K 가족들이 새로워 보였다. 그렇게 다르
씨의 이모가 꾸며주신 하와이안 테마의 파티장에서 우리는 맛있는 저녁
을 먹었다.

리더로 고생을 한 리아와 패트릭이 모두를 위해 상을 준비했다고 했
단다. 딱히 만들 만한 재료가 없어 동그란 모양 접시에 글씨를 써서 주
는 이름하여 '접시상'!

가장 먼저 발표된 상은 '장난꾸러기 상'. 나와 경인이가 수상했다. 평
소에 장난을 치며 재미있게 지내는 것을 좋아하는 나와 경인이는 이번
여행을 하는 동안 4K 가족들에게 일부러 더 많은 장난을 치고 웃으며
지내려고 노력했는데 아마 이 노고를 알아준 듯했다. 힘든 시간을 견디
고 나아가는 데 찌푸리는 것보다는 웃는 게 훨씬 나으니까.

또 다른 친구들이 받은 상을 몇 개 소개하겠다. 첫 날에 같은 팀에 있
었던 팀원들이 받은 상이 인상적이었다. 앨리스는 항상 용기 있게 도전
하고 절대 포기하지 않는 정신을 칭찬해 '강한 사람 상'을, 샌디는 어떤
일이 있어도 항상 웃는 얼굴을 하고 있기 때문에 '웃음 상'을, 크리스마
리는 모든 일에 뛰어났다는 뜻으로 '모든 분야 최고 상'을 받았다. 그도

● '장난꾸러기 상'의 수상자는 바로 나!
●● 크리스마리와 함께
●●● 팀원들과 즐거운 시간
●●●● 랩하는 내너

그럴 것이 크리스마리는 어느 한 군데 나무랄 것 없이 늘 모든 팀원들의 존경을 받으며 70일을 보내왔다. 재미교포 효정이는 항상 팀을 잘 챙겨왔기 때문에 '어머니 상'을, 항상 팀을 위해 헌신하는 이쓴에게는 '겸손한 손길 – 남자 부문 상'을 받았다. '겸손한 손길 – 여자 부문 상'의 수상은 다르씨에게 돌아갔다.

그렇게 돌아가며 29명에게 상을 주는 시간을 가지며 모두가 한바탕 크게 웃었다. 각자 받는 상의 이름을 들어보면 모두가 동의할 만큼 적절한 이름을 가진 상들이었기 때문이다.

저녁 식사 후, 디저트를 먹는데 우리 4K 가족 중 평소에 시를 쓰고 자신이 쓴 시로 랩도 하는 내너가 우리 팀을 위한 랩을 준비했다고 했다. 그가 불러주는 감동적인 가사의 랩을 듣고 있으니 정말 지난 68일 동안 동고동락한 가족들과 헤어져야 한다는 사실이 파도처럼 현실로 다가왔다.

각자의 목표를 가지고 출발했던 첫날부터 애팔래치아산맥, 로키산맥과 같은 험난한 등정의 시간을 함께했던 그들, 우리는 여기까지 서로의 등을 밀어주며 고통을 함께 나누어왔다. 밤늦게 완주를 했거나 험한 산의 정상에 도달했을 때면 환호성을 지르며 감동의 응원을 보내주었고 40도에 육박하는 캔자스주에서는 물이 없는 팀원들에게 자신의 물병을 건네주는 따뜻함도 나누었다. 도로 변에서 사이클링 바지만 입고 호스로 샤워했던 날, 암 환자들과 만나며 그들에게 사랑과 희망을 함께 나누던 날……

이제는 정말 서로를 가족이라고 부를 만큼 가까워진 그들과 헤어질 생각을 하니 가슴 한구석이 철렁 내려앉는 기분이었다.

그렇게 우리의 작별, 그리고 헤어져 각자 걸어가게 될 인생에 건투를 비는 내너의 랩이 끝나자 여기저기서 눈물을 훔치는 손짓이 보였다.

다음 순서는 그동안 팀에서 우리의 자전거를 고쳐주고 멋진 사진을 찍어 준 피터가 사진들을 모아 만든 슬라이드 쇼를 다 같이 감상하는 시간이었다. 찍은 사진들이 워낙 많아서 슬라이드 쇼를 보는 시간이 1시간 정도 걸렸지만 그 시간이 10분처럼 느껴질 정도로 우리의 추억은 달콤하고 흥미로웠다.

그렇게 우리만의 처음이자 마지막 파티는 끝이 났다.

숙소에 돌아온 우리는 서로의 연락처를 교환했다. 나는 입던 유니폼 중 한 개를 들고 돌아다니며 4K 가족들의 친필사인을 받았다. 그렇게라도 그들을 모두 기억하고 싶었다.

그렇게 지난 69일을 함께하며 내 인생 최고의 여름을 만들어준 얼굴을 한 명 한 명 떠올리며, 그들과 함께하는 마지막 밤이 지났다.

샌프란시스코 앞바다에 앞바퀴를 담그다

대망의 70일째 아침이 밝았다.

내 왼쪽 종아리에 'Day 70'라는 글씨를 쓰는 날이, 정말 온 것이다. 10일, 20일이 지나더니 어느새 반을 알리는 35일이 되었고 50일, 60일이 지나 이제는 우리 4K 가족들과 함께하는 마지막 날이 된 것이다.

우리의 아침은 지난 69일의 아침과 별 다를 것 없이 돌아갔다. 마지막 날을 누구에게 헌신할 것인지 서로 손을 잡고 나누는 시간을 가진 후, 구호를 외치고 출발했다. 나는 첫날 했던 것처럼 내가 4K에 참여하게 된 가장 큰 이유, 내 인생에 끝없는 에너지와 동기를 불어넣어주신 어머니께 마지막 날을 다시 한 번 바치기로 했다.

그렇게 마지막 날의 주행이 시작되었다. 약 15km쯤 달렸을까, '금문교는 언제쯤 보일까' 하는 생각을 하는 그때, 저 앞에 금문교가 웅장한 모습을 드러냈다. 금문교 상단은 안개인지 구름인지 알 수 없는 것으로 둘러싸여 있었지만 우리 눈앞에 펼쳐진 것은 금문교가 분명했다.

'드디어 해냈구나!'

금문교가 눈앞에 있다는 사실이 너무나도 감격스러웠다. 눈물이 차오를 만큼의 기쁨과 환희. 여태껏 수백 개에 달하는 언덕과 수십 개에 달하는 산들을 정복했을 때 느꼈던 성취감을 넘어선 수준의 감정이었다.

● 금문교를 건너고 있는 팀원들

● 크리스마리와 기쁨의 하이파이브

이루 말할 수 없었다.

금문교가 보이는 곳에서 다 같이 모여 사진을 찍고, 최종 목적지이자 마지막 폐막식이 열리기로 되어 있는 샌프란시스코의 크리시 해변가(Crissy Beach)로 향했다. 금문교의 길이는 약 1.7km. 다리 밑으로 보이는 태평양 바다를 바라보며 다리를 건너는데 그곳의 파도소리가 마치 내 곁에서 들리는 것 같았다.

금문교 중간쯤, 샌프란시스코 입성을 알리는 '샌프란시스코' 표지판이 있었다. 60여 개가 되는 도시에 들어서면서 입구의 도시 표지판을 수차례 보아왔지만, 이번에 우리 앞에 있는 표지판 뒤에 드디어 70일 동안의 결실이 기다리고 있다고 하니 그것 역시 새롭게만 느껴졌다. 저 표지판을 지나면 우리는 샌프란시스코에 도착한다.

다리를 거의 다 건너자 샌디의 여동생이 큰 피켓을 들고 있는 것이 보였다. 자신의 언니를 응원하러 나와 있는 모양이었다. 그녀가 들고 있던 피켓에는 감동적이고도 힘 있는 한 마디가 적혀 있었다.

"우리 언니가 미국 대륙을 자전거로 횡단했어요."

그렇게 우리는 샌프란시스코에 드디어 도착해 폐막식 행사가 예정되어 있는 크리시 해변가로 향했다. 해변가에는 이미 우리를 응원하러 비행기를 타고 샌프란시스코까지 나와준 가족과 친구들이 기다리고 있었다. 하나둘씩 자전거를 타고 속속 도착하자 박수를 치며 환영해주었다.

해변에 도착하자마자 나는 자전거에서 내려 모래사장으로 달려갔다. 그곳에서 나는 팀원 한 명 한 명과 진한 포옹을 하며 그 감격과 기쁨을 함께 나누었다.

"정말 수고했다!"

"이번 여름 내내 고마웠어. 너의 도움 없이는 정말 여기까지 올 수 없었을 거야!"

모두 가슴에서 진실로 우러나오는 감사의 말을 서로 나누었다. 아마,

● 7000km 대장정의 완주를 기념하며

몇 백 번을 반복해서 말해도 그 고마운 마음을 다 전할 수 없을 것이기에, 눈빛으로 포옹으로 목소리로 온몸으로 서로에 대한 고마움을 표현하고 있었다.

　모두 도착해 이제 마지막으로 도착할 우리의 팀원 한 명을 더 기다렸다. 그 주인공은 바로 65일째에 바로 붙어오는 차를 피하려다가 넘어져 오른쪽 손목을 다쳐 어제 수술을 한 케씨(Cassie)였다. 막 수술을 마친 그녀는 비록 자전거를 타고 금문교를 건널 수는 없었지만 한손으로 자전거를 끌면서라도 다리를 건너고 있었다.

그리하여 우리 샌프란시스코 팀의 29명은 모두 단 한 명의 낙오자 없이 70일간 자신과의 싸움, 모두와의 약속을 지켜내고 승리했다.

방황은 아름답다

우은정 지음 | 13,900원

여기, 진짜 세상과 소통한 한 젊은이가 있다. 스물넷의 나이로 사법고시에 합격한 저자는 연수원 입소를 미루고 남아프리카행 비행기에 올라탔다. 319일 동안 길 위에서 만난 세상과 사람들. 그리고 마침내 마주한 진정한 나에 대한 이야기. 지금 당장 어디로 가야 할지 몰라 헤매고 있는 당신에게, 진정한 청춘이 할 수 있는 아름다운 방황을 일깨워줄 것이다.

흔들려도 멈추지 마라

박경숙 지음 | 13,900원

5개월 계약직 오더테이커에서 VIP라운지의 매니저. 마침내 국내 최고 럭셔리 호텔 체인의 인사부 상무가 되기까지. 지난 18년 동안의 도전, 그리고 그보다 더 뜨거울 앞으로의 도전 앞에서 그녀는 말한다. 수백 번 넘어지고 깨지더라도, 세차게 흔들리고 헤매일지라도 나만은 나를 믿고 나의 길을 포기하지 않는다면 머지않아 우리는 찬란한 햇살 아래 설 수 있을 것이라고.

미친 생각에 미쳐라

진봉일 지음 | 15,000원

고등학교 2학년이 되도록 자신의 인생에 대해서는 눈곱만큼도 생각하지 않고 살았던 자칭 '찌질한 망나니'가 기아자동차, 대우자동차를 거쳐 미국 노스캐롤라이나 주립대에서 최우수 교수로 인정받을 수 있었던 것은 '미친 생각'을 거침없이 실행했기 때문이었다. 저자는 "남들이 안 된다고, 미쳤냐고 말리는 일이라도, 자신이 선택한 길이라면 걸어 보아야 한다. 그때 비로소 성공의 길이 열리고 나의 인생이 시작된다."고 전한다.

환상적 생각

백희성 지음 | 14,900원

아시아 최초로 프랑스 최고 권위의 건축상 '폴 메이몽상'을 수상한 건축가 백희성의 끈질긴 도전과 치열한 고민을 엮었다. 8번의 공모전 수상 뒤엔 50번의 낙방이, 1번의 합격 뒤엔 100개의 이력서가 있었다. 남과 다른 자신을 완성하기 위해 위태로워 보이는 딴 길로 들어선 괴짜 건축가의 이야기가 꿈 대신 직업만을 바라보는 2030들에게 신선한 자극제가 되어줄 것이다.

그래도 당신을 이해하고 싶다

데보라 태넌 지음, 정명진 옮김 | 13,900원

매번 벌어지는 말다툼에 다치고 단념하면서도 또 새로운 사랑을 갈망하는 남녀가 반드시 읽어야 할 책! 세계적인 언어학자 데보라 태넌 교수는 남녀가 서로의 대화 방식의 차이를 이해해야만 불협화음을 해소할 수 있다고 주장한다. 내 남자, 내 여자의 언어코드를 이해하고 뜨겁게 사랑하라.

30대 성장통 묻고 답하다

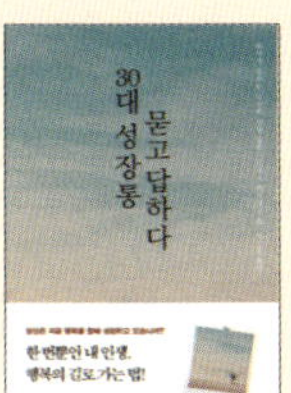

다사카 히로시 지음, 박인용 옮김 | 9,800원

20대처럼 도전하는 삶을 살기에는 재고 따져야 할 현실적 제약이 너무 많고, 40대처럼 현실에 안주하기에는 열정이 넘치는 30대들에게 '성장'이란 어떤 의미일까? 하나의 질문에 답하고 다시 질문하는 형식으로 30대가 성장과 행복을 찾는 법을 알려준다.

인바스켓 생각 발견

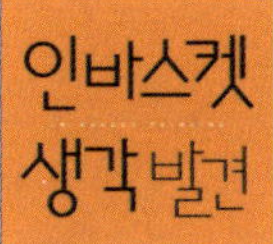

도리하라 다카시 지음, 윤미란 옮김 | 13,000원

'인바스켓'이란 일종의 경영기법으로, 가상의 직책이나 직위를 가진 인물이 되어 제한시간 내에 문제를 해결하는 비즈니스 게임이다. 저자는 일본 최초의 인바스켓 연구소 설립자로, 이 책에서 인바스켓 기법을 일반 업무에서 적용할 수 있도록 소설 형식을 빌어 쉽게 풀어 썼다.

무조건 열심히 일만 하는 개미 같은 사람이 될 것인가? 아니면 일과 시간에 모든 일을 끝내고 남는 시간을 베짱이처럼 자신이 하고 싶은 일에 투자하는 사람이 될 것인가? 이 모든 것은 인바스켓식으로 생각하고 업무를 처리할 수 있느냐에 달려 있다.

인바스켓 생각 열기

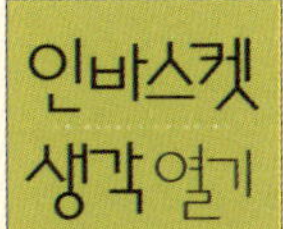

도리하라 다카시 지음,| 윤미란 옮김 | 13,000원

항상 의욕으로 가득 찬 신입도 언젠가는 슬럼프를 겪는다. 슬럼프를 극복하고 베테랑이 되느냐 마느냐는 자신의 마음가짐에 달려 있다. 인바스켓 씽킹에 검도의 수행 단계인 '수파리'를 접목하여, 회사생활을 장기적인 안목으로 바라보고 계획하는 방법을 소개한다.

미대륙 횡단
7000km
도전 프로젝트

2013년 7월 30일 1판 1쇄 박음
2013년 8월 15일 1판 1쇄 펴냄

지은이 이동훈
펴낸이 김철종

편집이사 이선애
디자인 안소연
마케팅 오영일, 유은정, 정윤정

펴낸곳
주소 121-854 서울시 마포구 신수동 63-14 구프라자 6층
전화번호 02)701-6616 팩스번호 02)701-4449
전자우편 haneon@haneon.com 홈페이지 www.haneon.com
출판등록 1983년 9월 30일 제1-128호
ISBN 978-89-5596-656-5   03810

한언의 사명선언문

Since 3rd day of January, 1998

Our Mission – 우리는 새로운 지식을 창출, 전파하여 전 인류가 이를 공유케 함으로써 인류 문화의 발전과 행복에 이바지한다.

 – 우리는 끊임없이 학습하는 조직으로서 자신과 조직의 발전을 위해 쉼 없이 노력하며, 궁극적으로는 세계적 콘텐츠 그룹을 지향한다.

 – 우리는 정신적·물질적으로 최고 수준의 복지를 실현하기 위해 노력 하며, 명실공히 초일류 사원들의 집합체로서 부끄럼 없이 행동한다.

Our Vision   한언은 콘텐츠 기업의 선도적 성공 모델이 된다.

> 저희 한언인들은 위와 같은 사명을 항상 가슴속에 간직하고
> 좋은 책을 만들기 위해 최선을 다하고 있습니다.
> 독자 여러분의 아낌없는 충고와 격려를 부탁 드립니다.
> • 한언 가족 •

HanEon´s Mission statement

Our Mission – We create and broadcast new knowledge for the advancement and happiness of the whole human race.

 – We do our best to improve ourselves and the organization, with the ultimate goal of striving to be the best content group in the world.

 – We try to realize the highest quality of welfare system in both mental and physical ways and we behave in a manner that reflects our mission as proud members of HanEon Community.

Our Vision   HanEon will be the leading Success Model of the content group.